靈魂紀事
A Story of the Soul

欣力 著　王公 绘

上海人民出版社

靈視
A Story of the Soul
紀事

目次

序：作文儿的跟画画儿的对唱　1

灵魂纪事　1

给薄情寡义者立法　25

大作家之死　47

变脸　69

窥视是不对的　89

丢失记　121

鹅有一个梦想　151

一个克隆人的自白　191

后记　223

作文儿的跟画画儿的对唱

文及图片旁白：欣力

图：王公

我跟王公说：咱俩对唱一个？他说好。我说那咋弄？他说那个我不知道，那个得你说。我说那就各写各的，我说你的画儿你说我的文儿。他说不行，我不写字儿，我是画画儿的。

写好下面的文儿给他。他微信过来说：非常有意思，可是我说什么呢？我怎么说呢？你提示我一下儿。我说你不写字儿，那就画画儿吧，用画儿跟我对唱。他说好，那指定能好。

两天以后，他发来一堆画儿。

画儿真好，生气淋漓。可我不晓得把它们如何摆。问他。他说：放文儿里呀。我说：那得你放。他说不，你放。你是搭积木地（的）

人，我是积木。你愿意放哪儿放哪儿，不想要哪个就不要哪个。我说：那不又成了我对你的画儿的理解了？不一定对呀。他说对，你怎么着都对。有你的理解，更好。

我还是想不好，写邮件叫他再画几张来。这回命题作文，把画面规定了，省得他漫无边际画不对文。他没出声。我打过电话去问。他说行啊，明天晚上你就能收着啦。

"明天晚上"，果真又来了七张。

这两堆画儿，叫我由着性子摆——随便儿，真是个有趣儿的事。我已经好多年没遇见这么有趣儿的事了。

王公的画有意思。我说的是他的插图。他不太看得上插图。他是油画家。可我只见过他的插图。

男人自信的时候，觉着自个儿啥都行。

我才刚认识他，上个星期，还没见过面。

六年前我在《作家杂志》发表《灵魂纪事》，王公的那张插图，让我眼亮：躺着的骷髅，心上开个洞，一只小鸟从洞口飞出来。他用小鸟喻灵魂，真贴切！

王公画里的一切都笨不拉几的，比如这骷髅跟小鸟。骷髅简陋，小鸟肥得像鸡——哎呀，这会儿我细瞅瞅——那可不就是鸡吗？这么些年，我都错看了它！

会吗？

翻到下一页，《灵魂纪事》的细笔图——真事儿——那个"心"上飞出来的才是鸟呢！这本书，八个故事配两套图，一套细笔一套粗笔。《灵魂纪事》是粗笔图在先，2006年就有了。本月初我请王公再画一幅细笔的《灵魂纪事》，又在短信里赞美"小鸟喻灵魂"的巧思。

他是听了我说"心上飞出一只鸟"，才这么画的！

我觉得这个擦地的女人很像我常有的状态——投入。作文儿做饭看画儿看书走世界居家里跟人聊天儿或者玩呼啦圈，都一门心思，一条道儿直给。金头发，不说明她是欧洲人，只说明她各色。与众不同，不一定是褒义，但是准确，我能接受。这么些年我把「这」当成「那」，人家说我两句，我还不得受着？

被我"误导"，他是有意？无意？不在意？

可能他就像这洗脸的汉子，头埋进水盆里，想：随她去吧爱谁谁，总之你甭跟她较劲。

这两套图，细笔的先来。我想要点超现实的细节，类似"心上飞出一只鸟"之类，请他再画。第二套图来了，水汽氤氲，色块跟粗线里，人脸大多没五官。

不能再说啥了。五官都没了，你还要人家怎么"超现实"？

在"微信"里，我说了一个想法之后问："你觉得呢？"他吭哧一会子说："我其实听你的，你让我咋样就咋样。"我大笑。他又说："我这个人是很愿意被人利用的。"

我觉得他，其实是很会戴着镣铐跳舞的。他特别在意我的意见，一片让客户满意的心。《一个克隆人的自白》初稿，我问能改么？他说："你说重画是不？我有个想法，把机器人跟真人合成一下子你觉得对不？不……对？"

这么被人尊重是挺让人发烧的。我立马烧了，整一段话发他邮箱，什么国家机器历史责任人民利益之类，把故事的深层含义搪给他。

重画的图来了。不怎么王公。他说："其实，对你们作家的那些宏大叙事吧，我愿意乔小一点。"

男人不说话，不一定是他没意见，他不过是没说而已。

是我话多了。宏大了的王公不对了。他愿意被我利用，他脾气真好，是因为他觉得画插图这事本来就是个被人利用的事？我说还是喜欢原来那张图，别重画，改改得了。

改回来的图，真逗。王公式幽默跃然纸上。瞧这，正儿八经煞有介事的"大人"像下是一群后脑勺和两条歪跨出去的腿。他把"包袱"放在画的边角上，情状全在不经意间流露，不，是泄露。这情状，有点像马三立，也像"被神圣"之前的王小波。王小波是死后"被神圣"的，好比鲁迅。王小波跟鲁迅，现在看这俩人，得先拨开他们身上的万千披挂——拨开云雾见天日。

王公的画里，有那个天日，他有拨开云雾的本事。我觉得这个叫才华，在人的不期里出现，好像树在人的忽视里绿了，花在人的忽视里开了，人惊喜得不行，可对花跟树来说，是天然。王公的画，洞察力和幽默感，好似天生。杜丽娘唱："可知我一生儿爱好是天然。"那个天然，王公的画里有。王公不一定喜欢杜丽娘。杜家小姐太瘦。王公画里的女人都肥美，或者说肥硕。

王公说他没听过杜丽娘的唱。我发了昆曲名角华文漪的唱段《步步娇》和《皂罗袍》给他听，还附了唱词和白先勇青春版杜丽娘的照片。他微信回来说："听了，就让我听头一个啊？老是放头一个。"我"微"回去说："点第二个呀，点了才能放。"他说："不明白。大政不在。"大政是他学生，网络上的事由大政打理，比如收发邮件啥的。他又说："感觉真好，这辈子没有过这样儿的感觉，不过没听懂词儿。"我说我发了词给你啊。他不言语了，没有声音了。没听懂词儿，难怪他的杜丽娘像个老婆婆。

杜丽娘

Gong
2012.12

出自天然，所以犀利而不刻薄，幽默而不肤浅，笨不拉几的可不傻。还有点别的什么。

什么呢?

忧伤。或者是无奈。对生活，对一切，美的丑的，好的不好的……

这貌合神离的生活啊，
谁跟谁都不搭啊。

挺复杂，说不太清楚，但是总在，好像几米的画里常在的那只大兔子，从帘子后头冒一下头又没了，让人突然停下，困惑，放下书之后还老在人眼前晃。

　　微信跟王公说插图，我说细笔图粗笔图云云。他说："你总图啊图啊的，我脑袋瓜子都大了，得暂停休喜（息）了。"然后再不出声。任我说什么，再不出声。等晚上他缓过劲来，微信过来说法国电影，让·雷诺，《这个杀手不太冷》，一条接一条，我插不上话，听着。他突然说："你怎么了？怎么没有声音了？（长停顿）不要没有声音啊。"

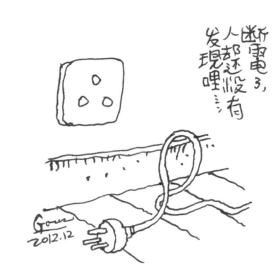

断电了，
人都还没有
发现哩

这个人，他跟他的画，是钱锺书所谓"一束矛盾"。

一束
矛
辣盾

Gong
2012.12

这些画，需要细细地看慢慢儿地看，一边看文儿一边看画儿，更觉有趣。细笔画里男人的豆眼儿，女人的身姿，犄角旮旯里藏着的"包袱"，是看似无意真有意；还有阳光，老是透过窗户在人身上画满格子——这个生活，你逃脱得了啊？

细笔跟粗笔，好像二重唱；细笔说故事，粗笔说本质；细笔重情节，粗笔重情状。看了细笔再看粗笔，或者两厢对照着，再想想故事，更觉透彻。

这八个故事得王公两组图，不是故意的，是天赐，是我的不可救药的完美主义所致。现在我觉得完美主义不是病。我对自己有点信心了。

2012年12月21日

靈魂紀事

A Story of the Soul

我姑姑老是说：充满希望的航程胜过抵达彼岸。她说得真对。抵达，有时候，非你所意料的那样。

艺术家其实是"终其一生
创造一段故事的表演者"。

——村上隆

灵魂纪事

灵魂醒是能睡,早就出声了……

Gong 06.4.11

默默无闻的作家陈渊在死后的第八个钟头被奉为大师。那会儿，他的灵魂正要离开死去的躯壳。

八个钟头，是有依据的。《人体探密》这本书上说，有人经过反复测试，证明人死去八个钟头之后，灵魂才离开肉体。

陈渊本来不信。后来老婆做手术，他去买活鸡，在一笼小母鸡里左挑右挑要挑一只煮得烂的；卖鸡的委屈，说："我这十只嫩柴鸡，个个见水烂。"陈渊说："你乱讲，上回在你这笼里挑了一只，才杀了就煮也还是不烂。"卖鸡的给他一条秘诀，说新杀的鸡放八个钟头再煮，准烂。陈渊回家后如法炮制，果真肉酥汤鲜，于是联想到灵魂离去的理论，立即茅塞顿开——灵魂离开了，肉体才能得到真正的放松，鸡肉才烂。唉唉，真理总是最简单质朴的！

陈渊的死令人惋惜。一个四十五岁的壮年人撒手人寰，人生历程再辉煌，总归是英年早逝，更何况陈渊——作家当了二十年，著作出了十几本，知名度还不如刚出道的小毛头，心里郁闷也是有的，或者真就抑郁成疾了？也未可知。

灵魂不管这些，他要走了。东坡诗云："长恨此身非我有，何时忘却营营？"在沉重的肉身里捱了几十年沉重的日子，这会子脱出身来，只觉无牵无累飘飘欲仙；就在他轻飐欲去的当口儿，一阵脚步声把他吓一跳。

好多人朝这边来。走在头里的那个——灵魂要是能出声早就叫出来啦——是文学界最高领导！只见他神态沉痛，脚步匆匆。好多人跟着他，嗨，每一张脸灵魂都熟啊，是在无数个会场无数次眺望过的，个个都是文坛的"重量级"！

告别室水泄不通，镁光灯闪个不停。灵魂慌了，想回躯壳里避避，才一扭身，却给一道白光直撞到了天花板上。

贴着屋顶，灵魂往下瞧，就见那为首的站下了，朝躯壳，不，是遗体，三鞠躬，然后环绕遗体行注目礼。人都跟他身后，绕。

灵魂进不是退不是，不晓得这些人要把那躯壳怎么样，奉为神明或放进水晶棺材里永久瞻仰？可能吗干吗呀？是老婆梅蓝的口头禅。梅蓝说得好，他陈渊生来就是个"小不喇子"。小不喇子怎么啦？要灵魂说，躺水晶棺材里给人看，真不如烂在土里自在。

告别室里人肉味忒大，灵魂想吐。他想走吧，去彼岸吧，清澈悠远，风神萧散，那样的日子才是他的日子。可是，接下来到底怎么个形势，不看看哪行？

忽听有人喂喂喂，是工人试话筒。这不？大领导讲话啦，说陈渊——人民的作家时代的骄傲，认识不到陈渊同志的伟大是我们的失职，陈渊同志我们来晚了，陈渊同志永垂不朽！

灵魂没听懂。此时哀乐大作，女人们哭起来。

接下来的事真多——纪念陈渊同志座谈会、陈渊作品研讨会、陈渊之后的文坛现状讨论会、陈渊对于我们时代的意义主题演讲大赛，《陈渊文集》出版，销量超过《百分妈妈百分娃》，直逼五百万套，陈渊无处不在，连喘气都闻见他的味儿……

灵魂没去彼岸。成了文学泰斗他有点晕，整天琢磨一件事，就是：这究竟是咋回子事。想上街找人问问。自从他死了，街上镇日人山人海。灵魂在街上未及落脚，就给人群带起的风吹到了大礼堂。

白底黑字横幅高悬，陈渊同志逝世二十一天纪念大会就要开始了。如今讲究返璞归真回归传统，人死了做"三七"是老例儿，七天送一程一共送三程把亡灵送到阴间。这事上异议大，一派斥为迷信，说这么做是对陈渊的侮辱；又一派说啥叫侮辱，薄情寡义无情无义才是对中华文化的背叛！"头七""二七"没做，"三七"再不做，对得起伟人么?

两派争执不下，只好公投，公民投票。到底良善人多，迷信派票多，就有了今天的大会。小道消息传得快，说大会"三高"标准：高规格高评价高待遇，市长做重要发言，文化艺术界"重量级"悉数到场。

市长上台，四十开外风度翩翩，脑袋小可俩眼有神，肚子大可身手矫健，手拿发言稿可一眼没看，面对本市最高贵最有文化的人群，掏心掏肺侃侃而谈。他谈文学曾照耀他的灵魂，在最黑暗的年代给他慰藉；谈文学之于生活的不可或缺和文学家介入生活的责任，最后给陈渊定性——丰碑，时代的书记官人民的代言人，为人民写作为人民献身……

人都窃窃私语，说这可比追悼会上的评价高，冲这，陈渊身后的一切问题都不成问题啦——遗孀安置，孩子上学，房子待遇……就有知情者说，怎么也得是正部级待遇；又有更知情者说，按国家领导人标准，也未可知。还有人马上说：陈渊没孩子啊。嘴快的接上，说没孩子，可以抱一个。人都笑，说你们这是慷国家之慨啊？

灵魂从第一排升起来，心里好慌。一辈子没坐得这么靠前过，他紧张兴奋，而且发觉，身子轻得没丁点儿分量老是往上飘，要死抓了椅子扶手才能不飞走。好在没人瞧见。这会儿他挺庆幸自个儿是个隐身的幽灵，否则面对这么多熟人和叫人听不懂的"评价"，非得找个地缝钻进去不成！他紧抓椅子扶手稳住身子，听见市长说永垂不朽。扩音器刺啦啦怪叫起来，灵魂吓一跳，抓椅子的手一松，升了起来。

灵魂发言了。语无伦次，还好，没忘了必要的礼节和分寸。

先谢市长市政府，再谢文艺界领导跟同行。厚爱、肯定、殊荣、惭愧，是这段话的关键词。然后他说其实，其实……我只代表我自己。我的作品要表现的，唉，咋说呢？应该是一种郁闷吧？啊，对，就是……郁闷。也……没想代表谁，想说的……其实就是……嗨，一个真诚的人在这个社会里的……真实感受。更没想与谁为敌，真的！我朋友可多了，我这人不爱跟人发脾气，也没啥崇高理想，就想……当一个不说假话的人……

掌声雷动。成千上万双巴掌扇起的风把灵魂从半空直掀上顶棚，他无可挽回地朝一个巨大的枝形吊灯撞去的时候，心里感动极了。被人理解，灵魂含着眼泪想，被人深刻地理解是一件多么美好的事啊！

灵魂被吊灯戳破了，吊灯有多少枝儿他身上就有多少洞。那些洞像眼睛，大而无神，呆怔着，不知朝哪儿瞧。灵魂窘得啊，可心里高兴顾不得羞，费好大劲儿把自己从吊灯上解下来，降到人群，手举过头，刚要喊理解万岁，却发现情况不对。

乌压压一片后脑勺。那千万张热情洋溢的脸，都背对着他朝着另一个方向呢。

原来市长在台下跟与会者谈心呢。市长笑得啊，脸盘像葵花嘴巴像荷包，那才叫光彩照人呢！

灵魂闹个大红脸，自己刚才一通情真意切，原来没人听见。唉，他想：也是，自个儿是幽灵啊——无形无声，散漫自在，人不管它，它不管人，归宿一个——地府阴间。

会开完。人出门可没散。所有人像听了口令似的，转身，朝西。

灵魂想，西边有什么？最有名的是人民公墓，可追悼会早就开过了；再就是航天航空博物馆，听说摆了刚退役的宇航船。可这跟他有甚关联？灵魂实在想不出，那片能眺望到燕子山脉的地方还有什么所在跟他有关。

人群走得急，灵魂飘得累，他忽然想，为啥人家要去的地方非得跟自个儿有关呢？就抓住一棵小树停下。

想走的念头又来了。走吧到彼岸去，离开这闹哄哄的世界。灵魂正待飞升而去，听得有人喊陈渊……先锋艺术博物馆……

对了，西边还有一个去处：先锋艺术博物馆，状似宝剑指苍穹，有世界最高天花板。

灵魂想：莫非要把我归到先锋作家里头去？这就浑身一激灵，同时发觉并不想去厕所。他想这就叫无挂碍啊？从此再没"内急"这回事了。

博物馆里人山人海，全城的人都来了，人肉味比追悼会上还浓，灵魂才进门就给熏昏过去。醒来发现自己躺在一个大玻璃罩上。

玻璃罩三面透明，一面贴满纸，纸上有字，龙飞凤舞。字挺眼熟，灵魂才想着，就看见玻璃罩里更叫他眼熟的——老婆梅蓝！

梅蓝坐在一个半旧的红沙发里。灵魂一眼认出来，是他们家卧室里的那个！梅蓝斜倚靠背，一脸哀容，怀里头抱件织物。灵魂定睛瞧，认出是自己那件"老枪牌"汗背心。玻璃罩后头整一面墙的大广告牌上，他的头像配猩红大字一行：有史以来最动人的行为艺术——悼念人民作家陈渊。

人真多，个个伸脖子踮脚，像看动物园新来的猴。灵魂蓦地升起又落下，羞愤交加，方寸全无，想叫梅蓝快走。

这当口儿，人群分出一条道儿，镁光灯闪耀处，来了一位瘦高个儿。你看他头面光鲜气质优雅，肩宽腰细腿修长，窄框眼镜架脸上，意大利西装配"尖头鳗"鳄鱼皮鞋，标准"型男"是馆长。

馆长用深沉的男中音讲话。馆长说：有史以来最动人的行为艺术，我们今天在这儿举行，为纪念我们时代的伟大作家陈渊先生，是集陈渊先生作品再版后的部分版税和陈渊粉丝的慷慨捐款，并在我馆减免

50％费用之后才得以实现的……

馆长说话用英文语序，大伙起先不习惯，后来听说馆长自幼在英国读书，是牛津大学全 A 生，那些长定语倒装句就显得新鲜又得体了。

灵魂没心思听馆长讲话，他溜进玻璃罩，落在梅蓝面前。唉哟，娇艳如花的女人，如今已憔悴不忍相认！他真想抱住她，像从前那样。可是做不到了，只能绕着她飘啊飘，像风，轻抚过她的脸、头发、手指，然后停在她眼前。

别出丑啦宝贝儿，他说：一切都牛头不对马嘴！

梅蓝显然感觉到了这阵微风不可言喻的柔情，她直起身睁大眼在半空里找，手抬起来，像要抓住什么东西。她没看见什么，失望地靠回到沙发里。灵魂急了，有生以来头一次朝妻子吼。

快走！听见了吗?！别丢人现眼啦！谁叫你在这儿

出我的丑?

话一出口，灵魂就后悔了，女人脸上的哀伤让他觉得自己有罪。梅蓝是在怀念他啊，虽然方式不妥，可毕竟是好意。他飘过去，把自己蜷缩在她膝上。唉唉，她的体温，他感觉到这暖，真熟悉! 他说宝贝儿，我知道你想我，咱们回家吧行不? 你得开始新生活，从今天起，把我忘了吧。

咔嚓一声，玻璃罩上的小门开了，馆长弯腰进来，请梅蓝女士到贵宾室休息。

梅蓝抬起头，目光越过膝上的幽灵朝馆长看，摇头，再次陷入回忆。是回忆是发呆没人知道，但人都觉得，一个伟大的丈夫，肯定值得女人想一辈子。

馆长站梅蓝旁边不动，默默陪伴。镁光灯如群星闪烁，把这行为艺术的崭新一幕定格。馆长向梅蓝深深鞠躬，缓缓转身出门，站定了吐口气，像要把胸中郁闷吐个干净。然后，他朝众人扬起手。

还有个好消息通报大家，他说，值得告慰的是，陈渊先生和梅蓝女士的两百多封情书已经付梓，马上就要上市啦！

灵魂一蹦老高，正撞到那面贴满纸的玻璃墙上。这回他看清了，那满墙贴的都是他跟梅蓝当年的情书！难怪刚才觉得字眼熟呢！他们要出版这些信？"上市"？哎哟，那些浸透了爱情汁水的私密话儿就要装订成册，跟萝卜白菜一样地——"上市"啦？

侵犯隐私！灵魂大吼，冲出玻璃罩子，直跃上天花板。

这可不是闹着玩的。这个号称世界最高的天花板确如苍穹般深远无极。灵魂没想到自己弹跳力这么好，那才叫事与愿违，身不由己，他一边朝黑暗里飞，一边大叫：侵犯隐私！侵犯隐私！没我的同意，谁也不许！

　　当然没人听见，灵魂云朵似的影子一忽儿就被那深邃的"苍穹"吞没了。等他慢慢落下来，已是黄昏时分，要闭馆了，人正散去。

　　天色幽蓝，夜空好像一块无限大的宝石，华灯初上，璀璨瑰奇。灵魂慢慢飘着。这是他的家，他过活了四十几年的地方，这儿有他的梦想、事业、爱人、朋友，有象征他青春和生命的一切；他爱这地方爱这些人，比活着的时候更爱得厉害。可他们不懂他。不懂没关系，写了那么多书没得啥反响他也不气，古来圣贤皆寂寞嘛。这事儿上，同道多得是，比如明代的傅山。大书法家傅山有名言，说"字原有真好真赖，真好者人定不知好。真赖者人定不知赖。得好名者定赖。亦须数十百年后有尚论之人而始定。"

　　傅老先生说话狠，"得好名者定赖"，呵呵，不够客观可有性格儿。灵魂不在乎啥好不好的，人死如灯灭这个理儿他懂，他日思夜想的就一个地方——彼岸。可人在歪曲他呢！曲解是水平不够，歪曲是别有用心，这个理儿他也懂。灵魂不晓得自己惹了谁，眼看非成冤魂不可啦。

天无绝人之路，这就瞧见一个人，《纯文学》主编梁可。遇见梁可就是遇见真理。这世上，梁可最懂他。灵魂把梁主编缠住不让他走，喊老梁老梁，你得站出来说话，这么毁我，你就看着不管？

梁主编俩腿"拌蒜"，让灵魂缠住哪得走？他不明就里，一脸烦躁，手扶大槐树站下。灵魂说老梁，你说，这是我一个人的事么？你从前老说，一个社会对文学的态度就是对真理的态度，是全社会理想和大众整体素质的体现……你是爱真理懂人生的人，你跟他们不 样，老梁，你得说话！

梁主编先寻寻觅觅朝半空里找，然后使劲甩手，手上拉了"吊死鬼儿"的丝；顺势把一张纸头塞进垃圾箱。灵魂看见，纸上印了自个儿的大头像。他一松劲，梁主编健步如飞地——走了。

灵魂追了几步就被"吊死鬼儿"挂住了，由老槐树上挂下来的长丝把他拦腰扎成个口袋，不偏不倚，正吊在人行道中间。

是东西大街延长线，地铁汽车都满员，好多人走路回城。成群结队的人从树下走过，把这个隐形"口袋"撞过来撞过去，灵魂又昏过去了。

明月高悬，夜深人静。灵魂慢慢醒来，发觉自己沐浴在无边的清辉中。想走的念头又来了，那么强烈那么扰人。乘风归去，琼楼玉宇，高处多么令人向往！可是不行，得回家找梅蓝，把往后的事情跟她说定了再走不迟。

　　回家不顺利，两次走错门。灵魂才发觉，原来楼房都长一个样儿，门窗都是双胞胎，一不留神就进了别人家。灵魂又累又烦。连家都找不到了，自己在这世上是真没用了。从前自嘲"百无一用是书生"，是得便宜卖乖沾沾自喜，如今算名符其实，不由得又想彼岸——那地方，是不用找门牌的吧？

　　好不容易摸对了门，灵魂飘进屋。卧室里，青灯一盏，照着他跟梅蓝的合影。女人对窗而坐。月光下，脸儿好像圣洁的维纳斯。灵魂停在窗台上，不出声地看。她是他的公主、女神，过去是现在是将来还是。她不会对他、也不会允许任何人对他有一丝一毫的歪曲和玷污！他坚信，一定能说服她放弃那个玻璃罩子和一切不三不四驴唇不对马嘴的事，还他清白和安宁。

　　女人一哆嗦，回过头来，满脸是泪。唉，中秋夜哭成个泪人儿么？！灵魂心疼得缩成一团。女人没看见啥，又对着那张合影发呆，忽然间把相框抓将过来抱在怀里，哭道：小不喇子，我咋对你不好了？你扔下我一个，你……

小不喇子，是她对他的爱称，多贴心的叫法！灵魂也要哭了，却听女人又说：现在都崇拜你都宣传你呢。前年出的你那集子，印了三千套还压库，刚再版啦，一个月就卖了五百万套！你看见了么听见了么？你是当之无愧的！可惜你……呜呜呜……

灵魂想说服女人的勇气全没了，他呆坐在窗台上，任月光把自己照得惨白。

一声呼哨响在中天，像信号弹。定睛看，夜幕上，七彩烟花骤然开放。是中秋，难怪月如银盘呢。可怜的梅蓝，就这样守着窗儿独自捱过月圆之夜？灵魂放下心里对她的埋怨，伏到女人肩上去。

去外头走走宝贝儿，看烟火去！到热闹地方去，心情就会好啦！他这么劝她。

女人像真听见了他的话，出门到了广场。月光皎洁，照耀着欢乐的人们，喷泉当空舞蹈，像珠链，一串串甩向天上婵娟。有人认出她来。梅蓝！一群年轻人叫：陈渊的爱人！

梅蓝，陈渊的爱人，这两个称呼如风，在人群里迅速传送。灵魂真没想到，这么多人认识梅蓝。这就是行为艺术的结果啊，这就是传媒的力量，宣传的效果。唉唉，可又真叫人窘得没法！

人越来越多，梅蓝给拥在中间，差点被挤倒。灵魂想护住妻子，可人肉味让他晕，连飘也飘不动了。

烟花烧红了半边天。青年们簇拥着梅蓝，大声朗诵他的诗句。那些诗好多年没人提，这会子听起来，连他自个儿都觉得陌生。那是他写的么？仔细听，真是。

可朗诵的语气全不对，简直南辕北辙！伤感的诗句被千百条热情迸发的嗓子喊出来，听上去怪诞极了。

灵魂好累，全身瘫软，要挂在路灯上才不至飘走。

在路灯上挂定了，灵魂俯瞰广场。他看见梅蓝给人簇拥着，女英雄似的，容光焕发。她笑啦，他死了以后她就没笑过。唉唉，笑得多迷人！比他活着的时候只添个更字儿！他想这究竟是怎么回事啊？死后发生的这些事，着实费解，连他最爱最熟悉的梅蓝也叫人看不懂啦。

一声更尖利的呼哨自下而上飞来，灵魂身下炸开一片花海！这花海眩目瑰奇，把他从路灯上掀翻开去，推向幽深无际的苍穹。灵魂预感到这一次的飞升不同寻常。他拼命稳住身子想控制上升的高度和速度，可是不行，漆黑的苍穹好像一块巨大的磁石把他猛吸进去！

风呼啸着，灵魂拼命回头朝下面看，他想再看看梅蓝——他的女人他的世界他的生活，能证明他存在的一切！可是，他什么也没看见。无数朵烟花爆炸开来，赤橙黄绿青蓝紫，天空好像一个燃烧的花海，硝烟淹没了云彩，把下面的世界从他眼前隔开……

给薄情寡义者立法

Gong 2012.10.20

近来有个传言，说这个区要实行一项新法规：凡薄情寡义者，一律处死。人们议论纷纷，很快形成三派：拍手称快的，激烈反对的，黯然神伤的。

两天以后，文件发到各单位和社区中心。文件上说：为了提高人民素质和道德水准，决定以各行政单位为核心试行以下规定：对薄情寡义者的生存时间进行限制。凡薄情寡义者每月必须有一段时间消失，或叫假死，时间长短根据其薄情寡义的程度而定。

都稍松了口气，可限制生存时间这事，还是叫人费解。生死有命，是想限制就限制的么？再说，什么叫薄情寡义？乍想人人都知道，真要把确切定义写进法律条文，还要分出个等级来，却难。又是议论纷纷，谣言四起，最后断定，所谓新法规必将跟其他许多法规一样，雷声大雨点小，无疾而终。

却就有一台机器，悄然运到了民政局。机器由美国全球联网快递公司 UPS 直接递到民政局大门口。一帮子人迎出来。以女副局为首，分别有行政处处长、工程处处长、两处各一个科级处员、电工一个水工一个，外加陆续赶过来围观的人，熙熙攘攘，就把那半人高打了硬塑料封条的纸箱运进了楼。知情者小声议论，说：就是那玩意儿！不知情者懵头懵脑，问：那玩意儿是什么？知情者就迫不得已，把一个尚属绝密的信息过早地透露出来，说是薄情寡义检测仪，世界同类产品里最先进的一种，几秒钟就能测出谁是薄情寡义者，准确率超过 99%。

测试那天，礼堂里挤满了人。局里的局外的，总之第一批参加检测的人无一缺席，比发奖金的日子还到得齐。主席台上坐着局长、男副局和女副局。机器蒙了簇新的大红绒布，立在一旁。局长面带微笑，手里摆弄着一沓巴掌大小的黄卡片。台下，知情者又透露了，说那就是记录薄情寡义者每月生存时间的黄卡。

局长致开场白。局长年纪不小，快退了，说话却是一向的气宇轩昂，简约到位，而且群众基础极好。这不？就有群众联名要求推迟局长的退休时间，理由很简单——这样的领导太少见。

红绒布给揭开了。

好漂亮的一台机器啊！简直就不是机器，而是艺术品！透明的淡蓝色外壳下，结构精密的主机清晰可见，线路黄一条红一条，铜制的零件在外壳映照下发出淡蓝色的幽光；显示牌上，红灯泡一串绿灯泡一串；红的像透明的小番茄，绿的呢？像顶新鲜的奶葡萄。

女副局站到了机器旁边，她今天要承担的责任是执起被检者的食指，放进机器中间那块肥皂盒大小的金属板上。说来确有点奇怪，整个机器是透明的淡蓝，这块板却漆黑如墨，质地也大不同，比外壳坚硬粗糙得多。一个指印大小的凹槽在板子中央卧着——全部奥秘就在这儿了——只要你把食指放进凹槽，不出几秒钟，显示牌上就会亮起红灯或绿灯。红灯——薄情寡义；绿灯——道德完美。红灯亮得越多，被限制的生存时间越多，也就是说，实际生存时间越少。

女副局心里有点得意。论座次，她排在男副局之后。这男副局吧，小人得志，总叫她心生愤懑。不过，今天这么重要的事交给她，说明局长对她更信任。你想想，由她来执行检测，这本身就让她在人前有脸啊。

想到要捏住男副局的一根指头放进那黑漆漆的凹槽，
女副局的心就勃勃地跳得欢了。

检测结果把众人分成了两群，黄卡族——薄情寡
义者，无卡族——道德完美者，这本在意料之中，可
分法，却让人莫名其妙。

局长成了黄卡族。

女副局捏了局长的食指放进凹槽，十个小番茄立
马亮了五个，机器的另一侧吐出来黄卡一张，卡上的
三十一个空格只有十五个被打上了红色对钩。什么意
思？很简单，局长本月只能活十五天！更叫人尴尬的
是，局长的新婚妻子——因为比局长年轻二十岁而背
地里人称"小媳妇"的，却有二十五天可活！局长气
得直抖，他的为人是有目共睹的，无论对病逝的前妻
还是新婚的娇妻都是一贯的一往情深呵护备至，落得

这样的结果，确实叫人想不通。小媳妇在一旁流泪，她想的是：什么真死假死？人没了就是没了。这区里说话什么时候有过准儿啊？朝令夕改的事多了。万一复活不成可怎么说？自个儿靠四十了才找上这么个可心的人儿，虽说年龄大些，可懂得疼知道爱的，也就不易。小媳妇想到这，心里越发忧郁得不行，眼泪像打开的水龙头，硬是哗哗地淌。

局长偕夫人刚走，就有人说了，早看出那老家伙道貌岸然，当初他老婆得了癌，怕就是让他给欺负的；又有人说，他老婆活着的时候，见天儿一个人去医院化疗，回家光吃牛奶煮苦瓜，说是抗癌，其实啊，还不是没人管？你们谁见他给他老婆做过一顿饭么？众人就说没，那会儿怕已经跟小媳妇勾搭上了吧？又有人说局长再有半年就退了，估计得提前退休也说不定。当然这些话局长没听见，若是听见了，高血压准犯。

不过，大伙的注意力马上被更过分的情节吸引了去。男副局振臂一呼，叫满礼堂的人都傻了。显示器上，一串绿灯从头亮到尾，个个奶葡萄似的，晶莹剔透；男副局瞅着那叫个爱呀，恨不能弯腰把它们挨个亲上一回。

最不平的是女副局。她捏了男副局的指头朝凹槽里放的时候，就想象了十个红番茄一亮到底的盛景。她想这世上的事原本就是公平的啊，连局长那么作风严谨的人都只得了十五天的活，男副局就更不用说了，估计有五天就不错了。

男副局的风流韵事早就是不公开的秘密。谁都知道他跟三科的女子好，人家女子动了真心，离了婚想嫁他，他却不能了，说自个儿有病，先说心脏病又说颈椎病，实在逃不得了，就说得了婚姻恐惧症。结果，三科的女子神魂颠倒抑郁成疾。这样的人不是薄情寡义者，谁是？女副局顺势想象了一下没有男副局的日子，该有多好多舒心哪！

男副局成了无卡族让女副局受了刺激，对机器的功能有了怀疑。她本想跟局长谈谈，转念一想，多一事不如少一事，连男副局那样道德败坏的人都亮了整串的绿灯，自个儿进入无卡族更毋庸置疑了。她左手捏了右手的指头，放进那凹槽里的时候，只想着快点回家，站了一天，早就腰酸背痛了。

唉哟，红灯亮了！不多，三个，黄卡上画了二十个对钩。女副局委屈极了，回家大哭一场。她想自己不过就有两个相好的，并不曾海誓山盟谈婚论嫁，只能算是婚姻之外的调剂，对丈夫，她是始终尽着做妻子的义务的，怎么就算薄情寡义之人呢？她才不薄情寡义呢，她是顶重情义的人！

女副局的委屈得到了丈夫的同情。丈夫待人温和大度，无卡族当之无愧，见妻子伤心成那样，不但没怀疑妻子的道德，相反的，对那台该死的机器发出了大声的质疑。女副局伸手捂住他的嘴，说：别胡说，连局长都没说什么，咱们啊悄没声的吧。

局长消失的时候正跟小媳妇在床上，两人拉着手，说不尽的离别话，便听得挂钟敲了十二下，小媳妇只觉那只紧握着她的手忽然间化掉了，定睛看去，丈夫没啦，只剩下蓝色条纹睡衣，还是热乎的；枕头上一副秀琅边的老花镜，伸着两条腿，像才从脸上拿下来。小媳妇吓得直哭。

次日，局长司机在楼下等着送局长上班，却等来了两眼桃似的小媳妇。司机听了小媳妇的哭诉，心里又怕又同情，想到自己早晚也得有这一天，越发伤感起来。两人一对，都有二十来天可活，想着活一日少一日，一日不可荒废，就拉上小媳妇兜风去了。

女副局消失这天穿着浅黄底小碎花的褂子，正在厨房给丈夫蒸包子，为的是她消失的这些天，男人有吃食。她人忽然没了，包子直烧到干锅。丈夫闻见糊味，赶过来，见厨房地上摊着女人的褂子，痛不欲生。

局长的小媳妇却一天天神采焕发起来，不再把局长消失的事挂嘴边。那一天午夜她跟司机在局长家的大床上拉着手双双消失，是没人知道的。可十五天之后却出了麻烦。

小媳妇跟司机在同一个地方复活的时候，局长正睡在床上。他已经复活了些日子。消失的日子无知无感，是损失，却也避免了不少麻烦事，比如那些排队等着让他安排工作的人啦，告男副局状的女副局或告女副局状的男副局啦。没了这些麻烦事，心里是清净了许多，可复活后的孤独日子却苦不堪言。想着老年得真爱，珍惜还来不及呢，每月却只能一起活十天，等于生命的三分之二都在思念中度过，不禁老泪纵横，正要昏昏睡去，只觉身上给什么东西重重地压了，定睛一看，却是那司机！

事儿闹大了。司机隔天就给调到了后勤部，专管垃圾处理。

首批消失的人复活之后，新法规又有了补充条款，要求各单位组织自我剖析加善意提醒，薄情寡义者只要痛改前非，就能在每三个月进行一次的复检中增加生存时间。这样做的目的，一方面是鼓励改过自新，一方面也对道德完善者进行有效的监督，使其保持完美。

男副局就放出话来，说我们局要成表率，自我剖析加善意提醒的工作必须扎扎实实地落实下去，俨然一副准局长的模样。女副局复活后第一天上班，看着男副局那模样，心里头实在不堪得很。她一边从自己做起，跟两个相好的断得干净，一边怂恿三科的女子跟男副局逼婚。男副局不干，两人大吵了一架，男副局还动手打了三科的女子一个耳光。三个月后复检的结果如女副局所料，男副局亮了七个红灯，有十天的活。而她自个儿，只亮了一个红灯，生存时间由原来的二十天增加到了二十五天!

女副局生存时间增加，美坏了她丈夫。这个温和大度与世无争的人对生活充满了感激，他现在的生存理想，就是帮着妻子在下一次的复检中成为无卡族。

最惨的是小媳妇和局长的司机，第二张黄卡上，每人只得了五天的活。薄情寡义者受了惩罚，局长却越发形只影单，神情郁闷。好在，他有的忙。

局长的忙从那篇晚报的报道开始。在头版，说一个刑满释放的强奸犯见义勇为从河里救起一落水儿童，复检的时候，黄卡上的生存时间由仅有的一天增加到十天！于是，见义勇为者多起来。社会风气空前好转，吵架的少了离婚的少了复婚的多了，出生率大幅度提高。法院闲得要关门了，民政局却忙得不可开交。局长一天就签发了五百多项表彰决定，各类奖状一时脱销。可是，局长还是愁眉不展，他忍受着孤独，废寝忘食地以一天当十天地工作，黄卡上的生存时间可没见长。

这一天，局长出门碰见了他的恩师兼老上级，前任局长。老局长瞧见晚辈的憔悴样儿，把他拉到一边，悄声说："你个瓷心儿的咋愁成这样？告诉你吧，我这月整活了三十六天！"局长大惊，忙问那奥妙在哪儿？老局长把声音压得更低些说：我儿子给买的。他们公司的老总上个月啊，老局长翘出大拇指跟小拇指，

"活了六十天哪！"

前后两任局长大眼瞪小眼地对看了一回，局长的心里就活泛了些，也怪，竟不那么苦闷了。

局长心里刚有了想法，报上就爆出丑闻，说有人高价买卖黄卡，有关部门立即狠抓典型，轻的撤职查办，重的坐班房。这买卖却是禁不住的。这不？这天从局里一出来，就给局长碰上了。一个老太太，拿了张满是对钩的黄卡，说愿意卖了这张卡，给老伴儿治病。局长没为所动，他是不会以任何理由做那种违法乱纪的事的。他绕过老太太，径自上了车。

局长的心思不能与人说。自从小媳妇背叛了他，上上下下都对他表示了极端的好感。前些天去部里开会，常务副部长特意叫他留下，给了几句关怀的话。部长当然没提这事，可意思在那儿了，还暗示他有继续升迁的可能。只是，黄卡上的十五天生存时间没有增加，而且跟小媳妇的那五天还正错开了。局长的心思是，提高自己的生存时间，只要跟小媳妇的重合上，他自信能说服那小女人回心转意。想起她最后一次消失时泪水涟涟的模样儿，局长就心疼。她还年轻啊，犯错误也是正常的。只要她回来，他还是要她的。

见义勇为的事情依然层出不穷。一个星期之后，局长也加入了进来。晚报头条报道：老大妈寻短见，局长相救。说一个山东老大妈进城寻儿子不着，欲寻短见，叫局长碰上，给救回了家，当自己妈似的伺候着。这可不一般。救人的事在这个区早已司空见惯，救了人还管吃住的却没听说过。你想想，那得需要多么大的牺牲精神和崇高境界啊！

再有三天就是复检的日子，谁都说，这回局长成无卡族——没跑儿。却不知哪个缺德的放出风来，说局长救的那老太太就是他亲娘。舆论大哗，一霎时谴责之声不绝于耳。局长面不改色，说谣言不批自倒，等着瞧吧。到了复检的日子，局长由女副局捏了右手食指，放进那凹槽里的时候还面带微笑呢。却亮了八个红灯，新卡上的生存时间降到了每月八天，比那个见义勇为的强奸犯还少一天！局长当时一闭眼，死了！

局长去世的第二天，小媳妇复活，在仅有的五天时间里，她悲悲戚戚地为丈夫操办了丧事，认认真真地守了灵，把一辈子的眼泪都流干了。司机赶来帮忙，对局长调他专管垃圾处理的事并不计较，尽心尽力地给老首长操办了一切。只是他每月的生存时间太少，对于清洁工的管理力不从心，又因为清洁工大部分是黄卡族，机关的卫生状况每况愈下，有的地方简直肮脏不堪。

许是小媳妇的悔改得了报偿，新卡上的生存时间增加了不少。小媳妇可没因此看不起她的爱人。在司机仅有的五天生存时间里，他们去领了结婚证，度了一个短短的蜜周。司机对新婚妻子百般恩爱，不仅心里爱嘴上爱行动上爱，还把银行存折交她管，盼着以此增加生存时间，好跟这女子过美满日子。这样真挚的相爱使两个人的生存时间大增，小媳妇差一天就成无卡族啦！

局长死了，男副局升了局长。女副局暗自叫苦，想自己这回完了，原先还有局长保着，现在受了欺负连个告状的地儿都没了。

事情却没她想得那么糟。男副局虽然官升一级，卡上的生存时间可没长，一个月大半时间消失，局里的工作自然就落到了女副局身上。女副局成了实际上的头一把。她怎么也没想到，事情搞来搞去搞成这样，有道是：有心插花花不开，无心栽柳柳成行。女副局的心情很是舒畅起来。心情好了就越发与人为善，对同事春天般的温暖，对丈夫夏天般的热情，这不？就成了无卡族啦。就是那话儿说的：人要走运，挡都挡不住！

转眼九个月过去了，对薄情寡义者实行生存限制的公民道德完善工作取得了巨大成效，必须承认的是，生产受到了一定影响，可是提高公民道德水准却是百年大计千年大计，民政局发出的总结报告上说："……是值得的，因为具有优秀品质的公民将以更大的热情为社会创造更多的财富。"

黄卡制度宣布取消。

这一天，民政局的早晨安静极了。这个地方，从来是电话铃声比人先到，过去的九个月更是如此。静成这样，让大伙颇不习惯。

女副局接了第一个电话。听筒里的声音叫她一怔，是九个月没联系的她的相好。本能的，她想放下电话，那边的人却说话了。那边的人说："好久不见了，下午见个面吧？"

一丝微笑在女副局唇边浮现，像水中涟漪，迅速展开，那圆润的小脸儿说话间开成花儿一朵，只见她羞答答对着话筒，说嗯，嗯完了还说嗯。那边的人一股劲地逼催，她终于拗不过了，才说出句整话：今天不行……她说：今天事多呢。小媳妇拿了司机的存折不还，两人正闹离婚呢，得劝劝。改天吧，行么？

大作家之死

Gong 2012.10.20

肥皂泡小说《无爱更快乐》已经在晚报上连载了三年又两个月，据说还要继续连载下去。女主人公白宛儿早成了本城女性的偶像。小说里的白宛儿从妙龄少女长成无敌少妇，崇拜者的年龄也由十六岁到四十五岁不等。

街上，少女全梳"朝天撅"，是白宛儿十六岁时候的发型；大姑娘一律编麻辫儿，根数在十根以上，是白宛儿二十二岁时候的发型；少妇都披"跷跷板"，左边头发齐耳长右边头发披肩上，是白宛儿三十五岁至今的扮相。

偶像崇拜肯定不会停留在扮相上，就有了些新说法，专给女人的，道是：二十岁你多交友，三十岁别怕离婚，三十五你爱独身，四十岁上生个娃，肯定不要娃他爸。

小说连载到了第1155回，那白宛儿已经是离过三次婚谈过四十四回恋爱的无敌少妇，容颜不减当年光彩越发夺目，就是那话说的：十个黄花闺女抵不上一个风骚娘们儿。话糙，可实在，更何况这么个造化生成的人儿——脸蛋可人，三围标准，高尚"海龟"，年薪百万，如此超级宝贝想生个娃，却寻不到那当爹的。一说，阴盛阳衰；一说，曲高和寡。

宛儿却不愁，宛儿才不愁呢。这正是她被崇拜的首要原因：此美女遇事总有办法——兵来将挡水来土掩。

其实，宛儿压根儿没想要娃他爸。久经情场的女人早把男人看得底儿透——不为情所扰，是从第888回开始就挂在宛儿嘴上的一句台词，转眼成了本城女性，特别是中年少妇的口头禅。可自然规律不可违抗，生孩子光有女人不行。这不？从第1130回起，宛儿登报征求优秀精子。

第一，要血统高贵，上溯三代以皇亲国戚为最佳；第二，要健康，无家族遗传病史；第三，运动要有专长，几个重要项目比如游泳、长跑啥的，以达到运动健将水平为最佳；第四，智商不低于148，需提供本市卫生部门开具的有效证书；第五，高学历，英美加日四国头等学府硕士以上学历，精通两门外语，其中一门必须是英语；第六，好职业，年薪没具体要求，比宛儿高就行。还有一个非满足不可的条件：娃他爸绝不能是工作狂，得懂艺术爱生活，特别热爱大自然。

哦，还有年龄，比宛儿上下不超过五岁并符合上述条件者，均可入围。

52

不是好办的事。女人太优秀了，就是找不上合适的男人配。女子无才便是德，古人说得对。这不，二十回过去了，应征男子不下几百，没一个配得上宛儿。宛儿还是不愁，说只要一息尚存，就要把他等来。他，就是那个有资格跟她一起造小人的大人，不，是优秀精子。

街上，悄然出现小广告。一夜的工夫，繁华街口交通要道的墙上电线杆上白花花一片——征求精子，有的为宛儿有的为自个儿。

两星期过去了，没听说速配成功，派出所却忙开了。诈骗案抢劫案强奸案骤然增多，90％跟征求精子有关。

报社总编被召到出版局。鉴于连载小说《无爱更快乐》中某些不健康情节对观众心理造成不良影响，引发社会治安混乱，出版局勒令晚报立刻停止连载该小说，以其为蓝本改编的任何形式的出版物都在被查禁之列。

听了局长的话，总编脸上颜色没改，屁股底下的椅子朝局长身边挪近了些说：查禁不好，人家会说政府干预文艺，不符合百花齐放的原则。有一个办法，不招眼，更有效。

局长问是啥。总编说：让作者给宛儿变一个形象呗。您说吧，要哪种类型的？女雷锋式的还是祥林嫂式的？总归得让她既表现最高尚的道德情操，又代表最广大人民群众的利益。您说呢？

就这么定了。总编由出版局出来，径直去寻作者。

作者吴尺，家中长子，有兄弟名叫吴寸，所谓尺有所短寸有所长，是兄弟俩名字的出处。

且说这吴尺，圈儿里精英圈儿外名流；个头不高气质好，头微秃可智慧高，穿着高档、时髦、低调，嘬嘬手指头是美国酷青，叼上烟斗是英国绅士。总编年纪一大把了，还一口一个吴老师。可不？没有人家吴老师的《无爱更快乐》，就没有晚报创历史纪录的大销量，就没有排队等着上版面的广告和丰厚的年终奖金。总编赔笑，脑袋里备好各路建议共计十五条。

大作家吴尺不干，立马跟总编光火了：艺术你懂么艺术的虚构你懂么？什么叫不健康情节？一个张扬个性，抛弃以男性为中心的传统观念的现代女性争取做母亲的权利，就是不健康情节？

总编还是赔笑。上有出版局下有摇钱树，总编虽然受着夹板气，却不抱怨。工作嘛，没点难度，要咱干吗？总编就把这前前后后的利害关系说给大作家，和颜悦色绵里藏针，一口一个吴老师。

吴老师消了火。作家嘛不仅是人类具有高等智商的一群，更有绝对出众的情商，所谓识时务者乃俊杰，吴老师说："其实，我跟你想的一样。"当即在电脑前坐下，噼里啪啦半小时，新一回小说就给敲出来啦。

在新一回里，白宛儿寻到了心爱的伴侣，却发现自己不能生育，爱她至深的可人儿当然不会因此离去，就一起收养了孤儿院的孤儿。下面的戏，总编跟吴作家也商量了，就沿这路子写。收养孤儿不受独生子女政策限制，就一个接一个地收养下去。各地的孩子各处的方言，一群小魔王在一个屋顶下"造"，矛盾冲突可想而知，必然具有强烈的喜剧效果，准得是高潮迭起引人入胜，既符合出版局要求又不让报纸掉数儿，一举两得一石二鸟，聪明聪明妙不可言！两人以茶代酒，庆贺一番。

就将这新的一回，由网上直接发送给报社照排室。却怎么也过不去，屏幕上一再出现"发送目标有误，对方拒绝接收"的字样。

吴作家烦了。总编说：存光盘吧，我送照排室去。

怪事又来了：存盘失败。十张崭新的光盘挨个试过，屏幕上回回跳出同样的灰框框，同一句话：磁盘已满。电脑嘎啦啦嘎啦啦一阵乱响，只见白光一闪，屏幕上霎时漆黑一团。

重启重启再重启，又折腾五回。总编说得了，我抄下来带走算了！忍无可忍之下，儒雅的总编骂了娘。情有可原，这个咱们得原谅他。

电脑文档终于打开了，不可思议的事又来了。吴老师刚写的那回，没了。从"桌面"到文件夹搜个遍，新一回无影无踪。俩高智商男人面面相觑，就听见有人敲门。

吴作家七窍生烟，哪有心情待客？一边猛敲键盘一边喊：没人没人！

门铃响个不停。吴作家气咻咻开门。

门边，站个脸儿焦黄的老太太。吴作家这门槛，慢说此类穷酸老婆子，就是中青年女性，没几分姿色谁敢攀来？不由分说就要关门，老太太开口了。

"害人精王八蛋，还不跪下？！"老太太声震屋瓦，俨然《红灯记》里的李奶奶。

吴作家一惊，想个神经病患者咋跑门上来了？未及细想，老太太已经进了屋，身手矫健双目炯炯，一把攫住吴作家衣领道：你，赔我孙女！

吴尺真恼了。一个大名鼎鼎的文化精英、社会名流、大学讲坛上的偶像、市长家里的上宾，啥时受过这？说作家是百科全书，写人生懂人生，啥样人生都得感同身受，比如精神病人的心理，吴作家也不是

没琢磨过，下一个无限连载的小说题目都定了，就叫
《大家都有病》。

就见吴作家满脸堆笑叫大妈。他说大妈，您是找
我么？

不问还好，这一问，老太太大放悲声，说你，不
找你我找谁？剥了皮烧成灰儿我也认得你！我孙女天
天守着看的就是你那个什么无爱……什么……吴尺接
上说：是《无爱更快乐》。话一出口，那脸上的笑就不
是强堆的了———付美滋滋的得意样。

吴作家笑容还没展开，只听啪一声脆响，白嫩的
小脸儿上就给盖了个大巴掌印，红彤彤，花朵似的。
吴作家没想到老太太下此狠手，又惊又疼，还没出得
声来，老太太却嚎啕了。

嗨，啥叫恶人先告状啊？

老人人边哭边叫我那痴心的妞苦命的妞，才┃六

岁啊，跟你那个什么爱里头学的吧，仁月换了四个男朋友。可好，就叫那狼心狗肺的给……给……老太太"给"了半天，把一直跟电脑搏斗的总编也"给"过来了，盯着老太太问：给怎么了？老太太抹一把泪，四下里找纸头要擤鼻子；总编有眼里价儿，及时递上纸头。老太太擤着鼻子说：给糟蹋啦……说了，又哭。

吴作家是有教养的人。大人不计小人过好男不跟女斗，更何况面前这个老掉了牙的女人，吴作家不值得跟她恼。可是，诽谤他的作品诋毁他的艺术，而且，竟然把一个强奸案跟他的小说连在一起，是可忍孰不可忍！脸上火辣辣地疼，吴作家还是站稳了身子，手指大门，平静地说：你出去。不然我立刻叫警察！总编附和。说：你这样胡说八道，是要告你诽谤罪的！老太太却不依，说我诽谤？小丫到现在还不明白呢，说那个什么爱里头的女人，跟男人上床都当喝杯水的事。那里头的女人没一个怀孕的，怎么到她这儿就……老太太说着又哭起来，迭声地叫痴心的娃啊苦命的娃啊。

60

警察来了，不由分说，清场。对大作家自然是一番安抚。总编反客为主，给大作家倒茶，柔声细气地叫吴老师，说消消气，待会儿把那一集再回忆一下。

门铃又响了。总编说：我去。吴作家一甩头，像《007》里的毫无畏惧的杰姆斯·邦德，说：我去。总编瞧着作家的背影，心想这吴尺，年纪不大却经得住事的。心里就越发敬佩得不行。

吴尺开门之前想象了一下门外的景象——脸儿焦黄的老太太或别的什么货色。他想：我吴尺，世面儿上有头有脸的人，怕什么？大不了把走了的警察再叫回来。

门外，立着一美妇人。沉鱼落雁闭月羞花，你道说的是谁？不是西施赵飞燕王昭君杨贵妃，而是这一位——看似西施胜似西施的可人儿，亭亭玉立顾盼生情，娇滴滴开口就叫吴老师。大作家一霎时心花怒放。他是招女人喜欢的，可这样标致的人儿却没见过，要说有，也只在自己笔下。大作家一笑，脸上就火辣辣地疼，不由地去摸。那妇人的小手伸了过来，说哎呀吴老师，你这是怎么啦？纤纤玉手直似柔荑，把大作家脸蛋子摩挲得痒痒的。吴作家稳住神儿，问小姐尊姓大名。美人娇嗔一笑，说你瞧啊，你瞧我像谁？然后嘟了嘴说：也不叫人家进去说话儿？

吴作家慌忙请美人进屋，落座，妇人见吴作家殷勤又懵懂，噗哧一声笑了说：我是宛儿哟，你的白宛儿！

吴尺定睛瞧。这脸蛋儿这身腰儿这拿捏得恰到好处叫男人五迷三道的风情，不是宛儿是谁？哎呀呀，此人正是他写了三年又两个月的白宛儿！吴尺惊喜交加，当了二十年作家，跟自己笔下的人物面对面，还是头一回！

却说宛儿一进屋，那总编就显得格外多余。总编此人，品行才华没得，却聪明有加，这就起身告辞，留下话请吴作家务必把那新写的一回誊到纸上，传真到报社，今晚就要见报。

宛儿落了坐，秀丽端庄。大作家意乱情迷，早把刚写的那一回忘得干净，两眼直勾勾把宛儿看了。就听宛儿说：吴老师，我看你有心事么。作家给她这样一说，窘了，说是啊，今晚上的连载要改稿，刚打出来的全丢了。刚才又碰上个神经病无理取闹，真他妈晦气！

当着美人说糙话，大作家面露愧色，赶紧补一句Sorry。宛儿就问那这一期打算怎么个改法。吴尺一五一十讲个清楚，说到宛儿不能生育，收养孤儿的时候，宛儿站起来。

只见她满面娇红双目含泪，一步一步走近吴作家，叫吴老师，说你这么改，岂不要我的命？我此生最大的心愿就是生一个十全宝宝。你知道么？西班牙的马德里有个世界优秀宝宝大奖赛，11月份就要开赛啦。我要是现在怀上，那还赶得上。

吴作家一算，可不？十月怀胎，正好。可出版局跟报社哪能得罪？只有劝宛儿。

不劝还好，这一劝，宛儿含在眼里的泪水小河似地往下淌，说：我求你了吴老师，千万别那么改。征求精子的事儿闹得满世界沸沸扬扬，好不容易找着了合适的，你又让我不能生育，这……这不是恶心人么？你让我往后怎么见人啊？吴尺说：宛儿你不知道，因为征求精子，街上大乱了。公安局找了出版局，说咱们有伤风化。这不？局长下令，让改，不改就得禁。

宛儿说：那有何难？我宛儿的命运还不是你吴老师大笔一挥的事？让我跟如意郎君正正经经结了婚，看他们还说有伤风化么？吴作家冷笑道：我让你结婚成家生了孩子，那下面还怎么写？还有什么悬念？这个小说才连载了三年多，我郊区那套别墅的钱还没赚回来呢！照你说的那样写，无论如何不可能！

妇人此时已到了作家身边，听到这后一句，抬手擦了泪说：我早知道不可能。写了二十回，你都没让我找到个如意的人。我也想明白了，这世上配得上我的人没有，若是有，就一个。

吴作家问谁，宛儿说是你。这就倏地冷了脸，两眼盯住作家。

吴作家先给这妇人搞得心旌摇荡，想着跟自己笔下的女人温存一回，也算是千古未闻的风流韵事，是最彻底的行为艺术，正要将如火激情付诸行动，却见宛儿目露凶光，样子确有些怕人。就听那妇人说：我生是你的人死是你的鬼，你今儿不成全了我，我就……说着，扑将过来，将吴尺压到身下。二人这就滚成一团。到底是男人力大，就把那妇人搡到了墙角；妇人不示弱，再扑回来。如此几个回合，两人身上都带了伤，脸上都有了恨。

这当口儿，电话响了。吴尺想：唉唉，天无绝人之路，正好找人求救，把这胡搅蛮缠的娘们儿捉了去，就返身去接电话。

宛儿被搡到墙根，后脑勺给床头柜狠撞了一下。这一撞好像明油遇火，哄地一声，那宛儿心里腾起火海一片，头上痛心里更痛，好不煎熬，她急得四下趿摸，要寻个路径放出心里那魔障！

手边，有个物件。好拿，顺手。

意大利水晶花瓶，不小，没插花还是有些分量。

要说宛儿这娇弱妇人，咋来那么大力气连她自己都不晓得。滴答两下就一秒钟的工夫，妇人从床脚那儿爬起来——抓、举、砸——花瓶狠狠地砸到男人后脑勺上去啦！

吴尺才拿起电话，听得耳后生风。吴作家是南人北相一类，生得敦实，感觉系统异常灵敏。不用回头就知不妙，可他还是回了头。

吴尺没瞧见啥，就是一片晶莹剔透，晶莹剔透里有妇人的脸儿一个，状似夜叉。他想女人是真急了。可没大要紧，只要伸手抱住她，再强的女人也抵不过他吴尺一抱，这是实践检验过的真理，危险化为乌有，险境变成仙境。世界是他的，生活是他的，宛儿刚说的嘛：我的命运还不是你吴老师大笔一挥的事儿？他真爱这世界这生活这个他一手造出来的可人儿！他得叫她继续美妙可人　　这么凶不好看啊宝贝儿笑一个……

　　大作家吴尺怀着美好的心愿伸出俩手。水晶花瓶正中他脑门。一声闷响，那宽阔的光滑的，产生过多少奇思妙想，编排过多少子虚乌有，制造过多少非凡人物的脑袋，在窄窄的肩膀上耷拉下去了，大作家吴尺扑倒在那妇人脚边，死了。

变脸

Gong 2012.10.20

丈夫实际上拋出去的肉婚。

2012.10.6 Chen

省台新闻主播柳樱花 52 岁上做了变脸手术，一时间成了城里最大的新闻。柳樱花是省台新闻部的台柱子，从 22 岁到 52 岁，一直担纲《主题新闻》主播，是家喻户晓的人物，比省长知名度还高。省长换了一届又一届，台长换了一遭又一遭，新闻部主任换了七八个，柳樱花的主播地位却坚如磐石，有道是：大千世界啥都变，就是柳樱花的脸不变。说来也怪，三十年，任什么也难逃岁月磨砺，柳樱花却不见老。老是那张脸，严肃的正义的随时准备发出郑重声明和严正警告的，少时不嫩老时不老没有笑容不见愁容的那张脸，每天晚上七点半在雄壮的乐曲伴奏下，跟最重大的国内国际新闻一起出现，这就得了个外号——"省脸"，一省之脸。连新上任的省长都冲着这个称号，在省台直播的新年晚会上，跟柳樱花合了影。哎，不是樱花要求跟省长合影省长欣然同意，是省长要求跟樱花合影樱花欣然同意，就这么个范儿，你以为呢？

柳樱花变脸了。瞧见的人说，她如今的模样跟韩国影星金喜善差不多。人都吓一跳，说金喜善不是二十出头的大闺女么？再说柳樱花俩眼离那么远，咋整也整不出金喜善的一对秀目来呀？还有她的颧骨，又高又尖，在那窄脸上如双峰突起，跟金喜善柔美的鹅蛋脸差忒远。这要是画画，就得撕了重来。人都笑，难怪说撕破脸撕破脸呢，原来脸也能撕。就有懂行的人出来解惑释疑，说变脸跟整容，俩概念，莫混淆，变脸重在

"变"字——变脸是革命，整容是改良。

那柳樱花为啥变？"省脸"变成金喜善说明了什么？有人猜测，这表明省里在对韩贸易方面将采取更加亲和的政策。小道消息及时到，说明年开始，进入本省的韩国产品不用上税啦，红头文件这就下。人不信。说话的人可有根呢，说不信你就等着瞧。

只有柳樱花自己知道为啥需要这个脸上的革命。皮松了有斑了更年期妇女不好看了，这些都能靠化妆和灯光解决，可是有一条没法解决。

在这张脸里，她不会笑。

丈夫突然提出离婚。人说男人六十——修女也疯狂。丈夫大她八岁，整六十刚退休，就跟发疯的修女似的找事来了？离婚原因就一条：女人不会笑。樱花说荒唐，结婚三十年你没觉不好，现在闹起来，不是外头有人了你是什么？说着就哭。丈夫说：从前是我忙你也忙难得到一块儿，就是到一块儿也是忙孩子。现在我退了将来你退了，整天守一块儿，你老一副严正声明的样儿，我受不了。

这么说，柳樱花能接受。这就开始咨询整容医院。答案千篇一律：相貌能改，笑的问题没法。

总算寻到了韩国变脸大师、世界变脸权威全都焕。全大夫有哈佛医学院博士学位、美韩两国的行医执照。全大夫说：笑？不会笑算得美人么？他保证让柳樱花笑容如花，条件是——变脸。柳樱花很犹豫，为笑脸放弃"省脸"，值么？转念想，人叫她"省脸"不为她的长相，是为她的工作。只要她是柳樱花只要她每天七点半播新闻，她生啥脸啥脸就是省脸！不是么？再说，她是变美了。她美了，省里形象不就更美了？用丈夫的话说：也是对全省人民负责嘛。

就这么定了。从一万个脸模里挑啊挑，挑得丈夫犯了血压高，终于选中顶标致的一个。

手术顺利效果好，全都焕大夫捧着樱花的新脸叽里咕噜叫唤一阵，翻译说：他说他从来没做过这么成功的手术。

柳樱花总算是名如其人了，她开朗地笑妩媚地笑娇羞地笑哈哈大笑抿嘴儿微笑，正所谓美目盼兮，巧笑倩兮。丈夫跟她恩爱如初，不，是陷入热恋。哎，说真的，这男人从没像现在这样粘她缠她没她不行。

为她陶醉的，还不只丈夫。这不？副台长找她谈事，事没谈完，俩眼已粘她脸上走不脱了，那眼神叫樱花脸红心跳。

副台长多年来对她好，可纯粹是工作关系。柳樱花原有点委屈，对这个男人，她是很有感觉的。除了年轻时候的丈夫，这是她此生看上的第二个男人。后来跟丈夫关系淡了，副台长就是她心里的惟一。可她晓得他心里没她。有回在他办公室谈事，突然停电，他摸索着找蜡烛摸到她的手。她在黑暗里红了脸，他却哈哈笑，说秉烛夜谈秉烛夜谈，还把门大开了。他的无心很是伤了她，她才晓得暗恋之苦。这会子被他这么瞧着，她百感交集欲说还休，含羞一笑，如半开的樱花。副台长说小柳，你现在这样儿，真叫人没法谈工作了。

是夜，樱花在丈夫身边做了个甜梦，梦见她跟副台长骑马飞奔在草原，她身子紧贴他背双手紧抱他腰，阳光如诗碧草如歌江山分外妖娆……

转天有重大新闻，宣布省委新领导班子的选举结果。按惯例，选举下午六点才完，新名单和简历七点就得上新闻。柳樱花早早到了化妆间。却等不来化妆师，就自己动手。忽听得演播间里播音开始了，是直播，直播提前？播音员显然没准备，十分钟出了五个错。

柳樱花好大火，第一是不明就里遭人取代，第二是播音错误之多丢人现眼——她柳眉倒竖，质问导播。导播从一堆纸里刨出一张。樱花细看，是《主题新闻》的发稿单，播音员那栏"柳樱花"三个字用钢笔勾掉了，蓝黑墨水。樱花心里一紧，蓝黑墨水是他——副台长。台领导都用签字笔，只有他用钢笔，派克钢笔蓝黑墨水，几十年如一日。往下看，负责人那栏果真是副台长签字。

樱花如坠五里雾中，气咻咻来找副台长。副台长见她就笑，说：知道你会来。就从抽屉里摸出一面小镜子，说喏，看看你自个儿。

樱花朝镜子里看，圆月似的镜子里，一张俏脸娇羞带怒。没想到自己生气的模样也这么惹人喜欢，气就消了些。却听副台长说：看你这样儿，还能播新闻么？更何况是今天这样的重大新闻？樱花说我这样儿，是什么样儿？打量自个儿身上——黑的蓝的白的，领扣直系到嗓子眼儿，哪条不对？她一脸无辜仰望副台长，眼光跟他疼爱的目光相遇，忽然间悲从中来，抽抽搭搭哭起来，说我哪儿不对了？三十年播音，多急的件儿到手就播，没出过一个错。你听了吗刚才，那些个错？把省台的脸都丢尽啦！

副台长苦笑，手揽到了她肩上叫小柳，说小柳啊，《主题新闻》的播音员特别在意的是形象，这个你比我懂啊。

柳樱花原以为遭人替代是阴谋，这年代暗藏杀机不算新鲜，可副台长说形象，她真不懂了，才要开口，副台长又说：你现在的形象是……就侧身将樱花细端详了说：秀色可餐。可是不适合播新闻啦。说着，把个"件儿"递到樱花面前。调令，将柳樱花同志由从新闻部调到综艺部。

樱花捂住脸，呜呜呜泣不成声。副台长整劝了仨小时，才算止住那哭。

柳樱花哭够了，转念一想，副台长说得有些道理，新闻播音要的是权威性，美国三大电视台最有影响力的新闻主播都是男人，还年过半百。自己原先丑不会笑，可郑重其事有权威；这一变，成了风情万种的美妇人，纵然人见人爱，权威性却打了折扣，也是不可否认的事实。鱼跟熊掌不可兼得。再说，播了一辈子新闻，不是重要决定就是严正声明，要说也够枯燥的，换个轻松有趣的做做，有啥坏处？丈夫老说自己满嘴广播腔，到家也不会好好说话，不如趁机换个环境，也算对自个儿人生的一个调整。有道是：勇敢面对挑战的人，才是生活的强者嘛。再一条就是副台长说的，综艺部来钱比新闻部容易，那是名副其实的不差钱儿。

就这么定了。

"疯狂无罪"是热门娱乐节目，收视率紧随《主题新闻》之后，在省台属第二，乃各路英雄必争之地。眼见的，柳樱花当主持不合适，可没人敢说。后台硬，副台长钦定的。

这就上了台。

第一次节目的主题是：人跟动物谁疯狂。樱花做了充分准备，找到中外历史上最受欢迎的综艺节目录像光碟整八十盘，悉心研究，披挂上阵。有生以来头一次，上节目不穿深色套装，真叫人觉得轻松。

今天的扮相也是研究过的，结合了欧美亚三大洲风格，樱花努力的目标是——"疯狂无罪"将得到全世界人民的喜爱。录像开始。樱花快步上台，隔两步《七彩单身汉》里的杜莉莉；用词热辣而"萌"，模仿的是台湾《超级速配》的女主持顾佩佩。谁说柳樱花除了播新闻，干不了别的？她要做一档最棒的娱乐节目，把所有眼球都吸引过来！

有一件事难办——她的声音。樱花生就一副亮嗓子，清清楚楚明明白白，念新闻三十年从没哑过。这会子上了娱乐档，嘴里唑唑啦啦的港台国语，语气和音量可跟播《主题新闻》时候没两样。

观众抢答。题目是：人跟树熊，谁更喜欢睡懒觉？这个小孩抢得快，奶声奶气说树熊。一般来说，这会儿女主持该发一声感叹，走港台路子，好娇羞好娇羞的，让观众觉得她比抢答的孩子还可爱。柳樱花晓得说"哇噻！"，才开口，觉得嘴张得太大，想收，又怕不自然；这收放之间，"哇"字已然出口。她是三次"美话筒奖"得主，其实一次话筒没拿过，播新闻不需要拿话筒。这下有问题了，声音大，话筒近，

"哇"字用《主题新闻》的声调经话筒放大，好似武松跟老虎打招呼，那真叫声震屋瓦，观众闻风丧胆，未及醒过味儿来，又听得一声"噻！"

全场大乱，柳樱花的娱乐生涯就此夭折。

樱花是受了些打击，可精神没倒。三十年的新闻主播，能是吃白饭的？从小老师对她的评价就两句话：有能力有毅力。现在还要加一条：有魅力。樱花决定借此"三力"，完成由播音员到主持人的"华丽转身"！这是主持人的时代，照本宣科的播音员就要被淘汰啦。樱花觉着自己咋那么好命呢，歪打正着，这会子转行当女主持人，好似小雨来得正是时候。

副台长再次出面斡旋，让樱花进了老年节目《夕阳笑》，是省台收视率第三名，紧随《疯狂无罪》之后。做老年节目不容易，嘉宾跟观众有特点，反应慢牢骚多脾气大说不配合就不配合，人说老小孩嘛。可樱化不怵，谁都有父母不是？拿出对父母的孝心来对观众，不怕老小孩们不把她当自家闺女，爱得肝儿疼！

这期节目主题：老年人的性生活与疾病预防。就要录像了，几个观众为座位的事争执。那天导播急病告假，樱花出面调解，直说得口干舌燥，才算把事儿摆平。心，可给搅乱了。更糟的是，一直拿在手里的提纲不见了。这下，樱花全不在状态了。

性，本就是敏感话题，对老年人谈性特别是让他们开口谈性，更需要技巧。樱花原设计了五个提问方式，从不同角度切入。没了提纲，一个也想不起来了。镜头黑乌乌地瞄准了她。

本能是啥？本能就是无法之法，没法子时候的法子，比如狗吃屎猴上树，所谓江山易改本性难移。柳樱花这会子除了本能没旁的法子可用，只见她直了腰挺了胸正对了镜头，用标准的新闻腔开始广播：

老年是人生的一个重要阶段，也是最后一个阶段。在这个阶段，人的身体机能出现严重衰退，有些甚至消亡。众所周知，正常的性能力是人体生命力的标志之一，老年人该不该有正常的性生活，怎样才能过上正常的性生活，是我们今天的话题。

樱花板着那张俏脸儿说完一席话，朝演播室里的两对老年夫妇说：请问大爷大妈，你们有正常的性生活吗？

原都是预习过的，四位老人挺配合，老太太尤其健谈。现在樱花路子变了，老人们乱了阵脚，俩老太太羞得脸儿通红，一个说血压高啦，其余三个跟着说头晕头晕头晕。

柳樱花倒了，一星期没出屋。出来，宣布了一个决定，比当初变脸的决定还重大。

她决定再变一回，变回原来的脸去。

变脸大师全都焕保证完成任务，并通过翻译表达了对中国女性的崇拜，说一定一定一定把最大的变脸诊所开到中国来，说完弯下那骄傲的小身板儿吻了樱花的手。你以为韩国人土啊？人家可是哈佛出身哦！樱花哪受过这洋礼儿？手背上痒痒的，可挺受用。她想起一句话：你生来是啥就是啥。比如她，生来就是"省脸"，就得叫人崇拜。她是没野心，可公论自有。《主题新闻》是好干的么？哪条消息用啥表情啥语气谁教你？全靠播音员的政治觉悟语言水平啊！柳樱花的态度就是省委的态度，这么说真也不过分。以她这政治觉悟业务水平工作资历，坐个副台长的位子，早晚的事。却为了儿女私情改弦更张自个儿跟自个儿过不去，直毁了大好前程。樱花此生头一次后悔。还好，全都焕大夫说：旧日时光能再来。

柳樱花再次变脸。谣言纷纷如洪水，就要把个小女人淹没了。樱花岿然不动。丈夫再提离婚，樱花立即同意，手指大门一句话：你走。手机响了，副台长叫她去。

副台长殷勤让座，神气态度有点怪，既不像变脸前也不像变脸后，既没有变脸前的严肃也没有变脸后的亲昵，而是满怀崇敬，诚惶诚恐。你说呢？且不说手术的巨大花销，光那脸上动刀的风险和痛苦，是一个普通女人承受得了的么？副台长对柳樱花的敬业精神表现出最高的敬意。

这一晚，樱花回到她工作了三十年的岗位上。她穿银灰色套装，湖蓝色大翻领衬衫，伴着《主题新闻》雄壮的乐曲，出现在家家户户的电视屏幕上。

万人空巷，都说在家看重要新闻，想看的其实是柳樱花变回来啥样。那个专注劲儿，比看省长讲话给力多了。看了一会子，有眼神不济的，问是谁啊。人说啥？谁是谁？答说广播新闻的这个，是柳樱花？

这一下啊，都乐了，说不对不对太不对，这个人，有柳樱花的脸没柳樱花的派，听那语气，忽软忽硬该软不软该硬不硬，跟电影里国民党的女广播员差不多，有俩字读的还是台湾腔！眼神也不对，还眉目传情？哪有一点《主题新闻》的严肃性和权威性？跟旁边的男播音员完全不搭，不搭不搭！

柳樱花又下岗了。现在柳樱花在省台食堂工作，每天三次，食堂广播里会传来她的声音，严正声明三件事：天气、汇率、当日限行车尾号，然后柔情款款来一段，腔调仿佛邓丽君，道是：自今年以来，食堂管理部门及保安部门联合发现我台职工浪费粮食现象严重，我们决定采取严厉措施打击浪费，丢弃食品按重量乘一百倍重罚。贪污浪费是极大的犯罪！我们要把反腐败反浪费运动进行到底！

柳樱花有了新绰号，一叫"软硬兼施"，一叫"倒行逆施"，还有一个日本名，叫"折腾美智子"。

窥视是不对的

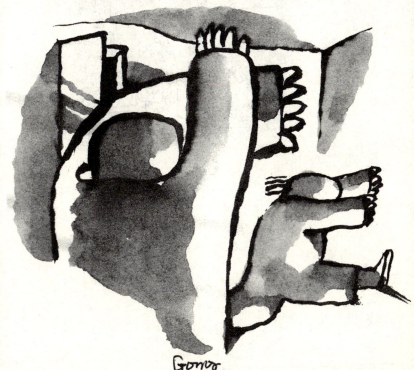

Gomo
2012.10.20

财务处的甄凡仁为房子的事跟人打起来了。俩人，一个瘦小，一个胖大。胖大的房管处长朝甄凡仁当胸一把，就把那小个儿从二楼推到了一楼。

甄凡仁从楼梯上往下滚的时候心里是明白的，他两手紧抱了头身子团成个球，就那样还是把本来清楚的意识跌没了。甄凡仁昏厥了十五分钟，醒了发觉自个儿不一样了——房管处长的心思明镜儿似的摆在他面前，那才叫一个透彻。

鼻青脸肿的瘦子一把抱住红头涨脸的胖子，挨打的抱住打人的，人都上来劝，把两人硬扯开，就听小甄喊兄弟。

都东张西望，说喊谁呢？

喊的是房管处长，小甄说兄弟我没事儿，你的难处我全懂……

房管处长有点懵。这当口儿，甄凡仁挣开众人怀抱，扑过来跟他握手。人都不解，说原本是哥们儿，说打就打；打得鼻青脸肿，又冷不丁握手言和，咋回事？

甄凡仁心里透彻，手上加了力，一对铜铃眼看定了对面胖脸上的蝌蚪眼，悄声说：我等你信儿。

房管处长先"啊"后"啊？"，见小甄脸上"五彩缤纷"地走了，才手指了他说你，你没真没事儿啊？

那套五层东南角的房子，早说好给小甄的。没给，是碍着行政处长的面子。房管处长正有求于行政处长，为孩子的事。大事。啥事大不过孩子的事不是吗？可房管处长心里有数，他要想法给小甄调一套备用房，只是这话现时还不能出口。小甄来找他打架，他给他保证保证再保证，可小甄不信，一股劲骂他，言而无信忘恩负义狗眼看人低，那真叫脏水泼人一头脸，眼瞅着就要当众揭他短啦，他才手下使劲把小兄弟推下楼去。这小甄也怪，跌个满脸花反倒不闹了，话说得也中听。房管处长虽不明就里，可心里舒服了。

甄凡仁回到家，身上不那么疼了。他不是娇气人儿，小灾小病打不倒他；又从不自寻烦恼，快乐人生一向是他的生活准则。他打着口哨进得门来，女人却不干了。

女人跟房管处长同类体形，胖大，从来不怵跟人干仗。女人说：就这么叫人欺负了？你能忍我可不能！胖大女人斜一眼瘦小男人，这就要走，却被男人一把拽住。

在女人面前，甄凡仁一向不硬气，反正是样样不如人。级别上高女人一级，也只是个待遇。处级待遇。八年了，那顶官帽儿还没戴上。小甄原不大在乎，人比人气死人。以小甄的经验，快乐生活最要紧的，不是房子车子票子，是心态，一个快乐的心态——没乐找乐苦中作乐——他的总结是：最适于第三世界人民。搞足球的米卢曾经说：态度决定一切；搞财务的小甄特同意，可见英雄所见略同。

女人不乐。小甄好言相劝。他说：待遇这东西是个啥？处级待遇局级待遇部级待遇，那不是占着茅坑不拉屎。那是有屎找不着茅坑。女人喷饭，拧他脸说：怎不憋死你呢？死鬼！

女人笑了，小甄的心宽了好些。叫不就得这么对付着？想想女人，也不易。以人家当年那条件儿，找个什么级的不成啊？偏跟上了自己这么个主儿，钱钱挣不来，家务家务做不来，连夫妻的事也总是得过且过，潦潦草草，让人家得不到满足。只有一点优势，那就是房子。按分房政策，夫妻双方都在国家机关工作的，跟级别高的那个走，自然就跟了小甄这边。女人那边是国企，房子条件一流，眼见着同事们都住上了敞敞亮亮的新房，女人心里难受。小甄这边却好事多磨——老说分老没分。好容易这回轮上了，还连个正向的也争取不来。女人生气，小甄就不作声，一副受苦受难的样儿。女人急了叫他呆瓜，那一夜干脆把他踹下床去——从此分居，对于他的一切亲昵举动表现出极大的冷漠和排斥。甄凡仁心里的懊恼和委屈如一江春水，要多澎湃有多澎湃！他觉得女人真是奇怪的动物，一辈子也甭想弄明白——自己已经够可怜了，

她不体贴，还给气受，叫人怎么活？小甄就叹气使劲叹气，一口接一口地直叹到天明。那会子，何曾想到

会有眼下的情形？

眼下，甄凡仁只觉如有神助，女人的心思明晃晃摆在眼里——第一，气房管处对他不公；第二，气他本人软弱无能。照着女人的思路，小甄说话了。三个逗号，一个句号，两个问号，最后一个感叹号，总共四句话，将女人说得心服口服，唇边眼角笑意荡漾，还忽闪着长眼眨毛瞟他。小甄给撩拨得激动起来，一把抱住她。两口子有日子没温存了，小甄照女人的心思来，就那么温柔缱绻一番，硬是叫个响当当的"女侠"意乱神迷得不能自己，柔声叫他小甄，说：一跤把你摔聪明啦！小甄不言语，光笑。

呵呵呵。呵呵呵。

他觉得自己笑得有点像圣诞老人。圣诞老人的人

生哲学准跟自己的差不多，那就是只给予不索取，给予就是快乐，快乐就是理想。这么想着，小甄觉得心里挺豁亮。

甄凡仁在班儿上一向忙，二十几年兢兢业业，他养成了一个习惯，工作时间不聊天不说话，真到了裉节儿上，连电话也不接。你以为呢？错一个小数点就了不得！

这会儿，甄凡仁正全神贯注读一份报表，就听身后鞋跟儿敲地，由远而近朝他这儿来了。不用看就晓得，是局里最俊的女人小营儿。全局的女人里，小营儿的鞋跟最高最细，敲在地板上最清脆。对于小营儿，他是很有好感的，虽说她这会儿来得不是时候，他还是愿意为她做点什么。

就那么等着她来。

甄凡仁只朝那俊俏的女人看了一眼，就忽地站起身，不由分说握住小营儿的手说："小营儿，你……节哀啊！"

小营儿愣住。爹猝死的消息是一分钟前大哥才打手机告诉的，整个工程局大楼里也没第二个人知道啊！

"甄副儿，您……知道啦？"小营儿问。

甄副是甄副处长的简称，加个"儿"就成了昵称，从小营儿口里叫出，越发好听。

"知道啦知道啦。"甄凡仁语气沉重，同时更紧地握住小营儿嫩笋似的手。

"您……咋知道的？"小营儿又问。

甄凡仁松开小营的手，想是啊我咋知道的？她跟我说了么谁跟我说了么？没有啊！那，我是咋知道的？想着，朝小营儿心窝处瞄一眼，万千心事明摆着呢，就摆摆手说："嘻，你心里明摆着嘛！"

小营儿泪眼惊得似铜铃，说我？我心里？

甄凡仁霎时红了脸说：你看你，都什么时候了还耽搁着？快去吧，要帮忙来电话哈！

小营儿扭身去的时候，把感激又困惑的眼神儿投在甄副儿脸上，叫小甄又自在又不自在，那个别扭劲就别提了。坐下，他想：是啊，小营儿的心事自个儿咋知道的？莫非有了特异功能了？想到这四个字，小甄的后脑勺刺痛了一下，就是昨天磕在楼梯扶手的那个地方，不由得就想起昨天的事——从房管处长的隐情到女人不可捉摸的心思，没人说给他，全领悟得透彻，是咋回事呢？这么想着，小甄就发起了呆。不过，这事真引起他的重视还是在遇见局长之后。

这一天小甄加班，晚上九点多才从办公室出来。天透黑了，一楼大厅静悄悄的，灯没全开半明半暗。前台空无一人，值班保安也没了踪影。甄凡仁隐约看见一辆黑色轿车在大玻璃门外的台阶下停住，下来一个人。他朝外走，正碰上那人朝里走。甄凡仁看清了，是局长。

小甄毕恭毕敬叫局长，局长例行公事点点头，就那么擦身过了。小甄盯了局长后心窝一眼，也就嘀哒两下的功夫吧，就把局长的心事看个底儿透。

跟女人有关。小甄吓一跳。可是看见就是看见了，看见了就不能变成没看见，看见的事在小甄心里掀起波澜是无可挽回的事实。事实是，局长有女人，肯定不是局长太太。局长半夜跑来，为的是跟那女人幽会。小甄的心跳得急了，他快步朝外走。

局长朝里走，小甄朝外走。局长忽然回头看。他看的是小甄。小甄没回头可晓得局长看他了。

初夏的风暖暖的，把坠了花苞的国槐吹得哗哗响。小甄到了院门口，一辆出租车正朝这边来，小甄抬手招呼。车停下，发现里头有人。

是个女人。女人付钱开门下车，看见小甄，四目相对，嚓地起了火花。小甄的心忽悠一下提到嗓子眼。这女人他见过。小脸儿细腰高胸脯长卷发，真个是亭亭玉立风姿绰约，她是……小甄有点不敢往下想了，局长可真胆大啊，这样的女人也敢碰？！

女人是俞副市长新近才续的弦，新夫人楚嫣然。小甄想，局长是吃了豹子胆了，敢在太岁头上动土！

甄凡仁放走了那辆车，躲进路边的阴影里，想看看楚嫣然往哪儿去。他觉得自己真成"活"了。特异功能，就是非常人所具有之功能；有了常人所没有的功能，就不是常人了；不是常人了，不就是超人了么？小甄觉得这事有趣，所谓三十年河东又河西，他甄凡仁窝囊半辈子，奔五张儿的人了才混了个处级待遇，确实叫人说不出口，忽然间成了超人，虽说比不上由副处变正处来得实惠，却也足够叫人振奋，至少人不能再小看他了，至少谁小看他，他都晓得了，也算活个明白不是？

有了超人意识，小甄的行为变得自觉起来。这不？趁星期天，他在小区大院门口的水果摊边上寻个地方，坐下，专看人。看着看着，就有了方法。方法简单，就是把俩眼瞄准对方的前胸或后背——就瞧见一个孔，小甄好不兴奋，原来这就是心窝啊，好像门上的"猫眼"。由那"猫眼"望进去，里头好大一片天地，任什么千奇百怪的心思，尽收眼底。

这边，来了个买水果的。小甄把眼瞄准两人心上的"猫眼"，就什么都瞧见了。卖家想在秤上做手脚买家想顺手牵羊，买家要查秤卖家让他查，买家心下相中个皮子金红的进口木瓜想顺进自家篮里，卖家想趁添码子的当儿把秤鼓捣一下。

　　小甄到底没瞧见买家跟卖家的结局，他的心思被

别人吸引过去了。他看见了小营儿。

　　小营瘦了，脸尖了眼大了，看着越发可人疼了。

小甄这几天忙于应付税务审计的事，没顾上跟她多说

话，这会子就把着俩眼，朝小营心窝里细瞧。

　　高跟鞋在路面上敲得笃笃的，小营一溜小碎步地

急走，没瞧见他，连往这边看的意思都没有，束在脑

后的马尾一甩一甩，好像松鼠尾巴。甄凡仁一惊，小

营这是去找三处的老周。

　　老周？那个榆木疙瘩似的家伙，小营找他干什么？

带着疑问，甄凡仁朝小营儿的"猫眼"里仔细观瞧。

　　小营儿是这么盘算的：买一套朝阳的三居是她

多年的梦想。老爸故去，她分得了些钱，再加上丈夫

从部队转业得的安家费，梦想忽然近了，简直触手可

及近在咫尺！可是，要买下那套全飘窗式南向大三

居，还差五十万。她想一次性把房款付清，既省了利
息，又能享受更多折扣，问题是钱。七姑八姨地借，
能凑上，可需要时间。房子却不等人，所谓机不可失
时不再来，小营想让管工程的老周先把手头的款子借
用一下，救个急，十天半个月顶多一个月，就还上。
这事她跟老周提了，老周支吾着没表态，开发商那边
可又来了电话，说小营他们交的一万块定金所享受的
七十二小时空房时间马上就要满了，此房只剩一套，
都排队候着呢，问她还要不要。小营今天奔老周去，
就是要问个清楚，那钱倒是能借不能。她下了狠心想：
他若是不借，就把那事兜出来。甄凡仁想：那事儿是
什么呢？老周那个老实巴交的家伙，会跟小营有什么
见不得人的事么？他就十分地好奇起来，正待尾随小
营而去，又看见一个人。是局长。

　　局长闷头走得急，先横过了车道，然后沿着道边

走。局长走的是逆行，就迎头碰上一辆黑熊似的三菱吉普。车喇叭哇地叫了一声，把局长吓一跳，猛抬了头，俩腿却不动，把手里的黑包包紧抱在胸前。甄凡仁趁势朝局长心窝里瞧。

局长心里真乱，一锅粥，整个心思都在那黑包包上。那包里的东西，甄凡仁看不清，只觉得乱，跟局长心里差不多。

第二天开全局年终总结大会。局长发言，先肯定过去一年的成绩，再提出明年工作方针：严格把关，反腐倡廉。会开了俩钟头，甄凡仁开了一个半钟头的小差，把前排几个人的心思挨个儿看透，一忽儿惊得要咳嗽，一忽儿笑得直捂嘴，只觉妙趣横生其乐无穷。他想：真所谓人心隔肚皮，就这么一层皮挡着，那肚囊里装的啥，谁也猜不出。可他能。不是猜而是看，明镜儿似的——那才叫做，一目了然。小差开够了，小甄回转心思，听局长说话。他是真想用心听的，可精神老是给别的事分散开去。别的事，就是局长心里的事。

透过局长心窝上的"猫眼"，小甄看见那心里头七上八下的劲儿比昨天一点不差，好比个塌了一半的屋，门板铺板天花板，横七竖八，分不出个主次。局长的手机在这时有了动静，短信。局长掏出手机，看了一下。甄凡仁眼前的"猫眼"里立时显出个人影——楚嫣然。局长的心跳得急了……

要说局长确是定力不凡，心里明明急得火上了房，面上却越发沉稳了，语速不急不缓，坚决果断，不过三两句，就把那本来要"掰开了揉碎了说"的话题了断了。局长急着去见人呢。小甄想，这偌大会场里几百号人，只有他看懂了局长的心思。挺得意，就起身去卫生间。这是新近添的毛病，喜了怒了，都想去卫生间。小甄在办完事，出来洗手，正跟局长碰个对头。局长把手里的黑包包在洗手池边放稳了，看他一眼，突然开了口。

局长说：你是财务的……小甄接口道：甄凡仁。局长敲着脑门子说哦哦哦，小——甄。局长把这俩字拉开老长距离像扯长面，小甄的心都跳得慢了，然后局长说那天晚上，就是你……甄凡仁的心忽一下到了嗓子眼，野兔子似的跳。这一慢又一快，小甄的心，乱了。局长洗罢手，放机器下烘干，并不回头，叫小甄，说你，什么级别？甄凡仁心乱了可耳朵好使，烘干机那么大声也没妨碍他听见局长这句要紧的话。他朝局长身后贴过去，说处级待遇。局长说：你加班加点地搞那么晚，是经常的吗？局长的语气表情，满是关切。甄凡仁动了心，一肚子话涌来，想说又不知咋说好，局长又说了些啥他全没听清。

局长走了，甄凡仁心里空落落，他目送局长背影，目光落在局长手里的黑包包上——钱？钱！这回他看清了，包里塞满了钱，一沓子一沓子的，全是一百一张的人民币！局长要带着这一包子钱去跟女人约会的？小甄俩眼瞪成双黄蛋，心里打破五味瓶——一惊一喜一忧一怕一悔……好在这回局长没回头，否则他非筛糠了不可。

甄凡仁有特异功能的事渐渐传开。人对他的态度明显不同了——好奇的，是将信将疑打破砂锅问到底；巴结的，是有事相求不求甚解只要帮忙把事办了就得；更多的人躲着他。小甄一如既往，与人为善，遵循快乐生活的理念，一方面积极助人，一方面也捎带着对那些有不健康窥视欲的人做些工作，告诉他们应该尊重别人的隐私，比如他小甄，虽然有这样的本事，却绝不滥用，好比武林高手，是最讲究德性的，不到万不得已不出手。不大有人听他的劝,人们蜂拥了来,要求得到满足。小甄受不了了,干脆把自己反锁屋中,装没在。却也不是办法。这不?就出了事。

处长找他。急事。十万火急。处长先拨他那屋电话,想叫他过去。占线。就拿了文件,直接到屋里找。门锁着。处长在门外吼。小甄听见是处长,忙不迭开门道歉,点头哈腰,还是受了奚落。比他小两岁的处长语重心长地叫他小甄,说你啊,什么特异功能,那档子事,少提吧。说着,把"件儿"杵给他,叫马上立项。

是妇产医院的改建工程。甄凡仁往手里头瞧,除了一张立项表,没别的。那立项需要的件儿,比如竞标审核评估啥的,一个也没。小甄要问,处长伸一根指头到他眼前,把小甄俩铜铃眼引到表格最下头——那儿有局长亲笔签字。处长说了一句话,跟工程无关跟局长无关，他说年底，你的正处有戏。

　　局长签了，小甄照办。忙里偷闲，他还是朝处长的后背望了一眼。就全明白了。处长这会子也回头来看他，四目相对，咔嚓嚓起了火花！

　　处长再不到小甄屋里来了，也不让他去处长的套间，再急的事也电话里说。要是他送了文件给处长，处长就让他放在外头屋，等他走了，才出来拿。

　　躲着他的不光是处长，还有小营和老周。小营是一见他就拐弯，有一回实在没处拐了差点一头撞进男厕所去。老周却只阴乎乎拿眼斜棱着他，腮帮子抖抖得像犯了牙疼。倒是局长很热情，偶尔见了总问长问短说些鼓励的话，那个情真意切啊，先让他怀疑自个儿的眼力出了错，随后就禁不住要把心事全道出来。

　　妇产医院开工了。偏偏就有好事的记者来追问：

原先说要竞标的工程，眼下悄没声地开了工，是怎么回事？全处会议上，大家伙儿统一了口径，一律答曰：无可奉告。苍蝇不叮无缝的蛋，记者无机可乘，自然作罢。

偏偏工程出了事。医院是一边用一边修的。这不？门诊大楼一层忽然间塌了一半。正是看病高峰时间，死伤医患数十人，其中婴儿五人幼童六人老婆婆十七人老爷爷十八人，成为本市史无前例的恶性事故。一时间媒体蜂拥而至，大小报纸连篇累牍跟踪报道，市委立专案组，警方配合执行调查。

工程局里人心惶惶，议论纷纷，说专案组要进驻了，谁跟这事有瓜葛谁倒霉。甄凡仁并不慌。工程是他立的项没错，可是上头签了字的。局长处长利剑一双，搁谁敢说个不字？人可不这么说。人说：法律不认谁签字。负责人负责人负的就是个责任，明知故犯，罪加一等，小甄罪责难逃。

小甄去找处长，处长不见。转天小甄在办公桌下发现只死鸽子。他又去找处长。处长不好烟酒不爱女人，唯一嗜好是养信鸽一群。鸽子聪明过人，得过信鸽大奖赛金奖，用处长自己的话说是：古城蓝天的骄傲。

堵到门上，处长还是不见。小甄从处长门口转悠出来，正碰上小营和老周在楼道里。六目相对，就有了点意思。却见那小女人，把左脚高跟儿当轴身子一旋，挺胸撅屁股，得得地走了。老周没动地儿，眯缝俩眼只朝他笑。

小甄想去找局长，当然只是想，却偏就遇上了。

局长还是那么热情，或者说更热情了——局长请他喝酒。局长说：男人跟男人，比男人跟女人好沟通，咱俩老碰到一块儿，不是有缘是什么？

小甄心里原本是把握着的，他晓得局长有话说不晓得局长要说啥，场面上的人儿，谁无缘无故跟谁沟什么通？他蓦地紧张了，想走。这会子他想起老婆。老婆看人比他看得透，给男人分类有见地，把他归到"三类男"，属"窝囊废"一类。小甄不恼，他觉得"三类男"比"四类男"好，"四类男"用一句歇后语命名，叫做：耗子扛枪窝里横。"窝囊废"比"窝里横"好些，至少不虚伪，小甄就想再真实一回：跑。

唉唉，原想找人去，人来了，却只想跑。不行不行，窝囊至此不配为人，就给自己壮胆，想：反正他有短我没短，他的短抓在我手里，我不怕他他怕我！就大大方方跟局长说话，说哪有让您请我的理儿，当然是我请您。局长说别跟我争，年轻人要学会服从命令听指挥。

酒过三巡，局长没提工程的事。热饺子上桌了，茴香猪肉馅儿。局长连说好，塞一个进嘴，说年底年初——局长这四个字跟饺子拌在一块儿，可小甄还是听清了，说啊？局长吞了饺子，擦油嘴说：给你解决了！小甄一个饺子噎在心当间儿。局长又说：处级。小甄放下筷子，使暗劲把饺子往肚里顺。局长说吃啊怎么不吃啊男人不能吃哪行？

局长频频敬酒，两分钟就"喝一个"，喝了不知几个，局长叫小甄，局长说：一个干部要成熟就得经风雨，你说是不是？小甄点头说是。局长又说：你有事业心业务又精，缺的是政治斗争经验和魄力，你说是不是？小甄点头说是是。局长又说你看你，干的是风口浪尖上的事，财务工作顶重要。世界五百强的财务总监一般都有副总裁的衔儿，抓钱袋子的人不是一般人，你说是不是？小甄点头说是是是。局长最后说：专案组就要进驻了，我知道你准能把握好时机，顺利完成任务。

有道是酒不醉人人自醉，甄凡仁本就紧张，局长两分钟"喝一个"，早把他喝高了，心里没了把握，嘴上没了把门的。小甄说局长啊，您拿我当啥人啦？我傻啊？我智商再低我能跟你们较劲啊？您跟我们处长，你们的底儿我清楚，包括您……您有些个人的事儿我也清楚，可我能说么我不要命啦？有人还拿死、死鸽子吓唬我，寻思堵我嘴呢？有……那必要么？呵呵呵。呵呵呵。

小甄笑了，他听着今天自己的笑，比从前更像圣诞老人。

局长说死鸽子，啥死鸽子？我个人的事我个人有么事？

小甄舌头不听话了，说：我不说……我不告诉你局长，那种事儿，坏事儿孬事儿我不说给你，不

A Story of the Soul
靈魂 紀事
115

是……因为怕，是……我不想说！处级待遇，恶、恶心人呢您说是不是？活着啥意思啊您说是不是？

局长笑了，酒杯伸到小甄鼻子底下说再喝一个，你甄凡仁不是凡人。小甄说我是凡仁，我爸给起的名儿，这个您改不了。局长哈哈笑，说我不改你名儿，我说你不平凡不是平凡人。你的问题不解决不公平。说着，一只又大又热的手越过桌子，沉甸甸落在小甄肩上。

听见解决，小甄酒醒多了。睁大"铜铃"，见局长笑得亲。局长说人啊，知道太多了不是啥好事，你说是不是？

小甄这回总算把舌头整利索了，说是、是、是，局长，我的人生哲学是快乐地生活，不管闲、闲事儿！

局长刚还喜笑颜开，忽然间沉了脸说：咋是闲事？这么重要的事是闲事？那我刚跟你说的话算白说啦？

专案组进驻那天，甄凡仁病了。头疼全身疼，总之哪儿哪儿都不对。局里规定任何人不准以任何理由请假，甄凡仁还是没去。他不能出门。总觉得有人跟踪，连去洗手间都得先探了头看门后头，瞧有人藏着没有；夜梦多，局长处长老周小营儿楚嫣然都来，都跟着他，他到哪儿他们到哪儿。他们想干嘛呀这些人？他想，他们到底想干嘛？

甄凡仁一天也没有面对专案组，他住院了。

非得住院不可了，失眠幻觉幻听不吃不喝不睡觉，五天，小甄瘦了五公斤。经过一番折腾人的全面检查，又瘦了五市斤之后，医生同意给小甄做手术。说同意，是因为手术是小甄再三要求的。手术的目的很简单——去除特异性透视能力。

手术这天，天儿真好，小甄的心情也好。他没让女人来，不许她来。他不接受任何人探视不需要任何人陪伴，心里只有一个念头，去掉那倒霉的特异功能，做一个正常人。他不想透视不想窥视不想知道别人想什么——他要自由。知之为知之，不知为不知。现在他懂了，不知有不知的好，不知才能过上快乐的生活——窥视是不对的。

手术很成功。只能说，那个叫小甄寝食难安的特异功能给去除了。术后的小甄特别愿意见人，见人就笑，尤其是见了小孩子手里的玩具就大叫：给我！

女人又不干了，说医院把人搞傻了，要上告。院方拿出术前协议书，上面一系列副作用列得清楚，小甄的签字，也清楚。

工程局里众说纷纭，有人说小甄痴呆了；有人说那不叫痴呆，医学上叫智力幼稚化反应。不过，对于一个事实，大伙儿没歧义，那就是，你尽可以放心到小甄面前去，因为他已经再也看不透你了。看见小甄的人都说他过得乐呵着呢，不上班整天玩儿，养鸟养鱼养鸽子，他的鸽子就要去参加国际信鸽大赛啦。

丢失记

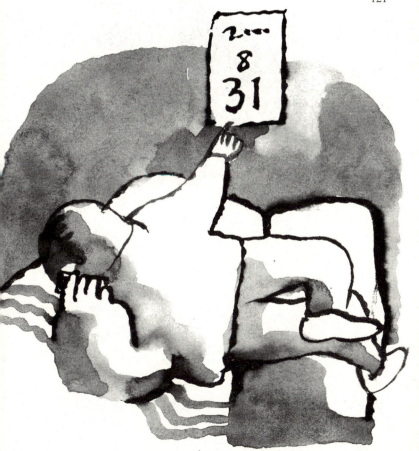

Gong 2012.10.20

　　劳动局常务副局长顾也行（行不行的行）失魂落

魄。他丢了东西。其实这么说不准确，因为他丢的不

是什么东西，是比任何东西都更重要更复杂更不可缺

少更一言难尽的——嗨，索性这么说吧，他丢了一天。

这一天，20××年8月30日，没来得及过，就莫名其

妙地——没了。人说没拥有过不能算丢，那30号可是

日历上有的，有是有，可没过，算不算丢？

　　8月30号是劳动局选举新班子的日子。顾也行起

得早。天湛蓝的，阳光透亮，秋高气爽。顾也行有种预

感，许是这天气的过儿，让他觉得从未有过的信心十足——今天，8月30号，将是一个了不起的日子，一个值得铭记的日子，一个载入史册的日子——本市劳动局将产生一个崭新的生气勃勃的领导班子，顾也行的人生也将翻开新的一页——他，要当局长了。

人知道，副职多了不值钱，排前排后，差别也不见得有多大，倒是这个常务副职，上到中央下到地方，不论单位大小，只能有一个，是所有副职里的头把。顾也行的这个局更特殊些——没局长。"顾常务"能干，局长可有可无，那位子就一直空着。终于，副市长今年放话出来，说小顾这些年干的是正局的活儿拿的是副局的钱，小顾不当局长，谁当？

阳光从洗手间的窗子照进来，把透亮的一条打在镜子上。顾也行梳洗打扮。洗脸，拍面霜；梳头，喷啫喱水；立时脸上光鲜头发有型，再整了领了、纽扣、皮带、裤线；通体无懈可击了，才清香四溢地走出来。

客厅里没人。墙上，月份牌给阳光照得夺目。

月份牌是仿旧的，每天翻一页的那种，阴历阳历黄历样样周详，尺寸比普通月份牌大，印刷也考究。每天翻一页，是顾也行出门前例行的事。

把食指在舌头上蘸了，顾也行捻起当前的这一页，刚要翻，发觉不对。黄表纸上，赫然印着几个大字：20××年8月31日。顾也行皱眉。谁动了月份牌了？不是老婆性急就是女儿胡闹，今儿是30号嘛怎么成了31号了？就朝前翻。这当口儿，女人由厨房出来。

女人这手端着盘黄灿灿的油炸馒头片，那手捧了碟儿红彤彤的香辣豆腐乳，正奔餐桌去，见丈夫鼓捣月份牌，就叫：我刚翻的。你又捣腾什么？顾也行说：还说呢，翻个月份牌也找不对日子，30号，堂堂的一天，就叫你这么给省略了？女人站下，仰了那徐娘半老的脸儿说：30号？不可能！今天我们算季度奖，31号，没错儿！

顾也行白了女人一眼，在桌前坐了。女人是好的，可一向马虎大意诈诈唬唬，却叫他烦。一点小事到她那儿，准也闹得鸡飞狗跳。所以30号选举的事，他到现在还瞒着她，怕的是无端生出些事来。这会子他懒得跟女人理论，只想等她出了门，就把月份牌翻回去了事。这么想着，也不吃饭，顺手打开才送来的《晨报》，眼光跟刊头上的一行小字碰了头：

20××年8月31日，星期四。

顾也行不由得把报纸举到眼前，再看一遍——不错，31日，白纸黑字，明明白白。顾也行的眼光给那几个字粘牢了，连女人说话都没听见，直到女人一把抢了他手里的报纸，才如梦初醒，俩眼滚圆地问：你们，总是31号算奖金吗？

那一副呆相把女人逗乐了，盘碗推到他面前去，小嘴一撇说喊，为俩猴钱儿累个半死！顶多不过千把块吧。就埋下头吃，三下五除二把面前盘里吃净，抽张纸巾抹嘴，又从小包包里掂出口红，在唇上补了色说：得赶紧走，哪天迟到，今儿也不能，要不啊给你少算了都不知道。说着，起身提包朝外走。

顾也行仰头瞧女人背影，发髻照旧盘得优雅妩媚，曾经曼妙无比的腰身如今丰腴得有点过分，却也还算可人，就听得女人又说：我也真累了，等你当了局长啊，我就办内退，在家当几天局长太太，再不为这俩猴儿钱，累得孙子似的！话音未落，一扭身，人已出了门。

大门咣当一声撞上，留下顾也行在桌前发怔，好一会儿，才想起什么似的把手伸进屁兜里，掏出袖珍记事本。30 号这一格里，密密麻麻写满了这天要办的事，头一件就是投票。怎么？这些事一件没办，就到了31号了？简直咄咄怪事！可是，不知怎的，顾也行心里有点慌。

又是一种预感。不怎么好的预感。顾也行一把推开椅子，跨到月份牌前，把脸凑近了瞧。31日，眼对眼回看着他。

转身进了书房。写字台上，电动熊猫台历摇头晃脑，熊猫头下面，20××年8月31日，赫然在目。书桌上的传真电话，卧室里的袖珍音响，柜子里的数码相机，所有可能显示日期的家什，都叫他一一验过，全都是一模一样的20××年8月31日！顾也行忍不住要骂娘了，他觉得不对，特别的不对，这个家整个中了邪了，屋里所有的计时器都已不足为凭！顾也行灵机一动，打开电视。早间新闻的女主持那两片花瓣似的嘴唇一开一合，却没声音。顾也行赶紧调大音量，正听得末了一句："欢迎收看 8 月 31 日的《新闻早八点》，接下来是……"

看来是真的？报纸电视都说是 31 号，还能有错？可是，30 号哪里去了？30 号分明没过啊！顾也行一屁股坐在沙发上，想：是不是开始实行冬时制了？可冬时制差的不是一天是一小时啊。

顾也行奔下楼上了车，到局里去。他就不信，这样怪诞的事，会在那个他工作了三十年、从不发生奇迹的地方发生！

司机小于开车。顾也行盯着小于圆圆的后脑勺发了一阵呆，忽然间有了想法。他把身子在后座上靠妥帖了，语调拿稳当了，说小于啊，今天几号？小于把方向盘打得吱溜水滑，一边说：31 号，今天 31 号，常务。

顾也行在局里被称"顾常务"，关系近的，省了姓氏叫常务，更像一家人。顾也行心里一沉，又问：那……昨天几号？小于怔一下，从后视镜里瞄了领导一眼，说：3、30号啊。顾也行说：那我昨天去哪里啦？小于说您昨天，您昨天不在局里吗？俩人的眼光在后视镜里相遇。顾也行说：那，你呢？你去哪啦？

小于昨儿下午开了会小差，跑华堂超市给老婆修高跟鞋来着，经领导一问，有点慌，硬着头皮说：上午……您叫我送山东的陈局长去机场，下午去部里取了那个急件……

顾也行心里真慌了，小于说的事他全没印象，什么陈局长什么急件儿，他想这究竟是怎么回事呢？这究竟是着了什么魔呢？

这就到了劳动局。局里一切如常。大厅里，高高地立着宣传牌，上写：文明竞赛倒计时，今天是20××年8月31日，距决赛还有十五天。又是31

号！顾也行差点跌坐在地。他对着那个匪夷所思的 31 发了一会儿呆，决定上楼去。

楼上，也一切如常。秘书早开了门，写字台上，一沓等待批阅的文件已在左手边放好；右手边，一杯清茶正冒出袅袅轻烟。顾也行坐下，等秘书进来。通常，秘书小林会在他到达后的半分钟之内进来。果然，小林来了，满面笑容叫"常务"。

顾也行听闻，心中一凉。小林还叫他常务，说明他没当上局长。他摆一副漫不经心的样儿问：今天几号啊？林秘书保持可爱笑脸说：31 号，常务，今天 31 号。顾也行哦了一声说那，昨天要办的事都办了吗？秘书不迟疑，说常务，您让我搞的外调报告已经做好了。您昨天没在，我今天拿过来啦。说着，把一沓打印好的纸头双手呈上。顾也行说我没在？呷一口茶，接下文件看，佯装漫不经心，说：我去哪儿了？秘书说您，您不是没在局里么？您……

　　俩人四目相对，顾也行心里有点乱。昨天他在哪儿？司机说在局里秘书说不在，到底谁说的真？有句话他是想问不敢问，这会子他想：虽说人心隔肚皮，可林秘书跟自己是一条绳上的蚂蚱，一荣俱荣一损俱损的关系，就问了那句一直闷在心里头的话。他俩眼灯似的照住林秘书青春焕发的笑脸，说：昨天，没投票？

　　林秘书被领导的眼神弄得紧张，说投、投票？投什么票？顾也行说选局长啊。小林说：是昨天么？我昨天一整天都在外调，我……顾也行说：你也没在局里？没人通知你吗？林秘书说没有啊！顾也行翻着手里的文件说：这么大的事也不知道关心！秘书听出领导不快，急红了脸赶紧表白，说真要投票，不是得发书面通知么？哪能错过？我们，我们都准备投您！顾也行抬了头说我们？我们是谁？秘书笑出俩酒窝说：全体秘书和所有三十岁以下的同志。顾也行一直紧绷的脸上有了笑意，放下文件，摆手示意林秘书出去，就给几个副局拨了电话，东拉西扯，尽量把话头往投票的事上引。几个副局个个热情非常，谈笑风生，却没一个提到错过的那一天和那件事——那件对他顾也行来说，天大的事。

顾也行坐在桌前发呆，初秋的阳光带着夏日的余威打在他的头脸上。头微秃了，脸叫赘肉贴得早变了形，由当年迷人的国字脸变成了肥嘟嘟的柿饼脸，那心里的落寞，更是说不清道不明，像漫天的大雾把他整个人罩住了。

顾也行是非当这个局长不可的。他已经五十二岁了，说到底，这恐怕是他此生的最后一次升迁机会。几个副局虽然个个政绩不错，可论资历，都比他差着一辈。副市长在关于厅局级领导班子改建的会议上才说了，不提倡论资排辈，绝不是说可以对老同志采取歧视或轻慢的态度；老同志立场坚定，经验丰富，是我们事业最稳固的基石和成功的保障——给这次选举定了调。

说到顾也行，却不是那种利欲熏心之人。常务副局干了这么些年，苦没少吃，气没少受，权力是有一点点，在局里还吃得开，出去了没个正衔儿，却也名不正言不顺。比如到部里开会，跟那些正局长们混在一块儿，总归气短，就连前年割阑尾住院，也只能享受副局级待遇，住不上单间！当然了，还有一些更实际的问题，比如收入、专车、房子，那副的跟正的，就是不一样。这一点，女人比他清楚。

女人出身官宦之家，年轻时一表人才，嫁给他这么个毫无背景的毛头小伙，全因为他是"潜力股"。眼见着女人的耐心一天少似一天，顾也行真恨自己生不逢时，怀才不遇。为了这回的选举，女人也花了大力气，上下运动到无懈可击的地步。女人说了：苍蝇不叮无缝的蛋。咱这回就无缝了，看他谁还有本事叮咱！顾也行心里感激，可也害怕，怕的是，万一自己真有缝呢？其实，最可怕的还不是他如何面对可能的失败，而是女人——还不把屋顶掀翻？还不得离家出走？对女人，顾也行是又爱又怕。他这么解释：由爱及怕，是情到深处的表现，证明了一个男人爱的能力。报上不是正讨论吗？爱，是一种需要也是一种能力。他不想伤害她不能失去她，他要让她满意。

想到了女人，就想到了老丈人；想到了老丈人，就想到了副市长——嗨！思路就有了！

顾也行哗地操起电话——先找副市长，商量个妥帖的办法。办公室没人，手机关机。打到秘书那儿，秘书说：首长上周突发心梗，你不知道啊？你们局里不少人都来看过了。顾也行慌了，这么大的事，他竟丝毫不曾耳闻，着实不妙，立刻布置秘书拿礼品，奔到医院；却被告知：重症监护室病人，谢绝探望。凭他好说歹说，就是不让进。

顾也行哭的心都有。他定定神，决定一步步来。领导的认可是必要的，可领导的认可也需要论据的支持。领导不会凭白无故支持谁啊。再说，还有舆论呢，现在的问题是，众人皆醉我独醒，得到群众的支持，也是一个关键。他要让人们知道，30号被错过了，30号该发生的事都没发生，而那些事是多么地重要！这么一分析，思路就清楚了——论证30号被错过了，是第一步；阐述其重要性，是第二步；如何把那丢失的一天补回来，是第三步。

当然有难度。不过，对于当年的哲学系高材生顾也行来说，却是趣味多于难度。不夸张地说，他感到了被挑战的兴奋，是多年来没有过的快感。

先进入准备阶段，资料齐备——从亚里士多德到海德格尔，从爱因斯坦到霍金，历史上重要的哲学家科学家有关时间的论述在 24 小时内全部抵达顾常务案头。

72 小时后，一份长达二十五页的论证报告正式出笼。这 72 小时里，一向对工作兢兢业业，事必躬亲的顾常务从人们的视野里消失了，以至于有传言说，顾常务家出事了。他老婆找到局里，说三天没见人影，怕是外边有人了。

顾也行对那些传言顾不上理睬，叫秘书把论证报告按人数复印，人手一份，在全局范围内组织学习。局党组会上，他亲自向党组成员们阐述报告内容——30 号被错过了，30 号必须补回来，30 号该发生的事关乎国计民生，不可替代，好在我们还有机会弥补——那就是，大家一起上书，向上级领导反映。

大伙先愕然后茫然最后漠然散去，留下顾也行一人，怏怏不乐。

顾常务瘦了，见过他的人都说，头发白了眼窝凹了，唉，多精神的一个人哪，怎么就成了那样？

顾也行确实是魂不守舍了。白天在办公室里想心事，晚上在大床上犯琢磨，一整天一整天地发呆，一整夜一整夜地失眠，最后，他想清楚了一个问题：这个事上，能帮他的只有一个人——市长。

第二天是周末，顾也行提出，一家人去市干休所看望正在疗养的老丈人。女人喜出望外！好几个礼拜了，男人吃不下睡不香，起先她还冷嘲热讽几句，后来见男人真要做出病来的样儿，就紧着安慰；再后来，只瞧着镇日发呆的男人干着急，连局长俩字都不敢再提。

女人换衣裳，又催着女儿换，一家人头脸光鲜地出了门。顾也行大踏步走在前头。女人拉着闺女，一路小跑跟上，一边斜眼偷看男人——衣裳熨帖得很，颜色也搭配得协调，是她亲手侍弄的，脸上虽有些掩不住的灰黄，是这几天睡眠不足的恶果，可眼睛里却有了精神。清晨的阳光照在他脸上，那双眼角长长的细眼睛里，放出一种坚毅的光来！女人暗自庆幸又禁不住困惑，她想不出男人怎么会一夜之间转过了这个弯儿，而且，瞧那精气神儿，跟奔赴战场的壮士差不多少呢！

到了干休所，一家人围着老爷子说话。顾也行心不在焉左顾右盼，老爷子自知帮不上女婿什么，也就由他去了。

顾也行走出来。他是要找人的，来看老丈人是幌子。这不？他心里急，脚下生风，一路到了花园。

　　一群人正在观棋。支招儿的比下棋的还激动。顾也行站在远处，把每一个人细细瞧了，没有他要找的人，就挤进去。围棋是他的长项，得过全国大学生运动会亚军的。

　　下棋的俩人，都埋了头。顾也行站着，只看见两个头顶，一个有头发，一个没头发。实在看不出，这两个头，哪个是他要找的。就近，站在了没头发的身后，一眼，就把棋局看得清楚。没头发的貌似弱势却暗藏一招狠棋，这一招走成了，可谓胜券在握，结棋也就两三招的事；可惜此人愚钝，硬是看不出，就那么僵着。顾也行本能地想支招儿，刚抬手，有头发的扬起了头。许是给围观的人挤的，许是等得不耐烦了，有头发的仰天长出了一口气。

　　顾也行两眼放出光来！那不正是他要找的人么？

有头发的，正是上任三个月的新市长！

市长是棋迷，周末来干休所下棋，顾也行早有耳闻。今天到这儿来，却纯属碰运气。就真叫他给碰上了！你瞧这市长，没一点架子，冰凉的石凳上一坐，前后左右，连个正经支招儿的人也没，以至于陷入危局而浑然不觉！

顾也行心里真是一言难尽，激动兴奋得意紧张，最后归结为感激，感谢老天厚爱，天无绝人之路！

没人察觉。可不么？市长穿得朴素，半旧T恤衫休闲布裤子；长得也不出众，中等偏胖圆脸微黑，是大街上千万个壮年男公民里的一个，混到人堆儿里准挑不出来。可是，顾也行认得！市长的印堂正中有一小块类似胎记的疤痕，光滑闪亮。命书上说，此类人等，万人之中惟有一二，乃天相者也。那市长确实不同凡响，才来仨月，街上的交通警示牌由白的一律换成了红的；出租车由蓝的一律换成黄的；连小学生的校服也由白衬衣蓝裤子，换成了黄衬衣红裤子。交警制服是不能改的，就在一身蓝灰之上配了大红袖标，上有金黄丝线绣王羲之集字行书"为人民服务"。人们就知道了，市长喜欢暖色，尤其偏爱大红，又精通书法，特别喜欢王羲之的《兰亭序》。

142

认出了市长，顾也行脚下有了动作。先是左脚朝后挪，右脚跟上；随后右脚朝西跨，左脚跟上——就从"没头发的"这一头撤了出来。

顾也行换防了，他站到了市长身后。

却说那"没头发的"身后也有高人，说话间就给点出了那狠招儿，只听啪的一声，棋子到位，市长危了！

顾也行认真看棋。

不是死棋，这样的局势他见过。顾也行出手支招。乱局之中，巾长真听诂，由他支，他咋支他咋走。

这就左突右杀迅而不乱，转瞬之间，由弱变强转败为胜！棋局在一片唏嘘中结束，市长回过头来，帮人的和被帮的正式认识。

棋局散了人也散了，市长拉着顾也行讨教棋艺。市长说讨教，顾也行说不敢；市长说就是讨教，顾也行说那就切磋。原来市长跟他是校友，也参加过大学生运动会，只是没拿过名次。俩人越说越近乎，越说越投机，话题自然而然就转到了双方的工作上。顾也行长叹一声，垂了头，市长忙问原委。

顾也行叹口气说：不说也罢，您一天到晚事情够多了，我实在不忍……市长说什么话，老乡见老乡两眼泪汪汪，校友见校友都是好朋友。我才来，好多事还得仰仗兄弟们的支持呢！被市长叫一声兄弟，顾也行心里一热，眼都湿了，就把事情和盘托出。

市长听完恍然大悟，一拍脑门说：30 号丢了？我说呢——嗨！市长有点忘情，猛醒了，瞧一眼新认识的小顾同志，害羞地说是我老婆，呵呵，说好了今年办银婚，8月30号是我们结婚纪念日。这不？为这事，她折腾我一夜没睡，说我言而无信非君子；我说补过，她说不补，不是那天不办那事，唉，女人真难弄。现在清楚了，好啊好啊，把8月30号补回来，看她还有什么话说！

三天之后的晚上，顾也行家里闹成一团。

女人进家就叫也行。顾也行由卧室踱出来问什么事。女人一把搂住他的脖子说：通知了通知了，明天全市统一补过8月30号！刚碰上你们局里的老张，说投票箱都在大厅摆好啦。顾也行任女人搂着，微笑说：瞧你傻的。女人愣住，脸对脸瞅了他说：这事是你运作的？顾也行依然含笑，不置可否。女人湿润的唇凑上来，在他削瘦了许多的脸蛋上结结实实地亲了一口。女儿这时进得门来，见爹妈在屋子当中亲热，尖叫一声，往自个儿屋里钻。女人羞红了脸，追打女儿，母女俩闹成一团。顾也行瞧着俩女人，心里喝了蜜似的——甜。

还是个晴天，风清爽得叫人心里豁亮。劳动局一楼大厅，热闹非常，投票就要开始了。硬布纹纸的红色选票，挺括，考究，很吃墨的那种，齐整整印了四个人的名字。顾也行排第一。投票要求早就交待给大伙了：用阿拉伯数字给四人排序。等额选举，是对资本主义所谓民主选举的修正。都是同志，不存在谁落选一说，排个顺序，总是必要的。

人来了，个个笑嘻嘻。有男人问女人，说今儿补过 30 号，咋打算的？女人半老徐娘，大了嗓门回一句，满世界听得真，说咋打算，打算把失去的青春补回来！人都笑，说青春是补不回来了，不如跟市长夫人学，让你男人出点血，办个银婚庆典是正根儿。消息灵通人士趁机发布了最新小道消息：今晚上王府酒店有大席，市长夫妻俩庆祝银婚，大桌二十张，整两百人次。立刻有人质疑，说市长结婚25年了吗？不对吧？说话间，顾常务来了。

顾也行手里握了选票，第一个走向投票箱。他是打算投自己一票的。在这个失而复得意义非凡的日子里，他要不遗余力地助自己一臂之力。他看见好多含笑的脸，和那些脸下头一张张喜帖子似的选票。局里的人向来是冲他笑的，可从没笑得这么喜兴。每一张笑脸都像在对他说：投你投你投你……

离投票箱有两步远的时候，顾也行看见了自己的女人。那双含情脉脉的大眼睛，就像二十多年前初相遇时一样，远远地望着他。他心里蓦地一热，多么有情有义的女人，专门来助阵的呀！他恨不能把选票扔进箱里，就过去抱她吻她，跟当年里根宣誓就职总统时吻南希一样！

顾也行把红色选票瞄准了投票口，才要扔，觉察到身后的动静。喊嚓嚓喊嚓嚓，像微风掠过秋天的玉米地。他回过身——所有的嘴巴都在动——微风般的声音就从那儿来。人都朝门外瞧呢。

两辆黑色奥迪在大玻璃门外悄然停下。车身锃亮，把秋天的阳光反射过来，刺痛每一双看它的眼。车上下来了人。是市长。人都兴奋了，说市长亲自监督选举，在劳动局的历史上可没先例！就听一声喊：

"新局长来了！"

顾也行手一抖，选票落到箱底，咔嗒一声，响得真落寞。其实他哪听得见啥落寞？大厅里早就笑语声喧，市长和新局长正跟大伙儿打招呼呢。

顾也行觉得晕，扶着投票箱转过身，见市长正伸了俩手朝他来，不由分说，就把他右手牢牢握住——其实说"握"不对，说"捧"靠谱，说"夹"更准确，好像肉夹馍——小顾的手是肉，市长的手是馍——市长说顾副局长，祝贺祝贺，劳动局这个领导班子我算是给你交卷啦。顾也行嗫嚅着说："我的票我的票已经……"就回头看票箱。市长哈哈笑，说票还是有效的，四位副局长的顺序不是还得大伙投啊？顾也行身子晃晃，要倒。市长手快，稳稳架住，嗨，这一下，两人肩并肩面朝众人，那姿态跟神气正显示了八字市政方针：上下一心，和谐共赢。市长朗声道："现在，请大家继续投票！"

市长的手又热又有劲，顾也行想挣脱都不行。他闻见　股味儿，是男人身上的油味儿。他　向讨厌这味儿，现在却有点崇拜了。此人虽然无耻且难闻，可是能干事。他忽然想：老婆一向说的"能干事"是不是指的这？

顾也行朝大门走，听见耳边有人轻唤"常务"，是秘书小林。他没理，想此人不识相，这会子凑我跟前来对他有甚好处？又想此人倒聪明，说到底，我还是常务；就听见市长朗声叫秘书，说待会儿有个会，叫顾副局长参加一下。

顾也行听见脚步声朝他来了。他不想回头更不想停下，就那样出得门来。阳光扑到他脸上，真暖和；他站下，仰脸让太阳把自个儿晒个透彻，再睁开眼时，发觉天——无与伦比的蓝。

鹅有一个梦想

白鹅眼里热辣之
恋他的的很
爱他它。
他爱看它，
他爱驴没法悟！
简想法情
出驴扑过去咬
那女人……

Gong 2012.12.8

白鹅养在咱们厅长家。咱们厅长姓关，名大，小名阿福；爱吃大蒜，不喜刷牙；前列腺有毛病，但问题不大。这些，白鹅自打进了这个家，就晓得了。

你道白鹅是咱们厅长跟夫人的宠物么？不然，白鹅是老太太的命根子。

咱们厅长是孝子，头一任夫人病逝五年，他硬是没续。明白说了，要嫁他，就得侍奉老太太。否则，宁可终身不娶。

天底下总有那贤良之人，到底给咱们厅长等着了——市剧团原来的名角。不说是沉鱼落雁之貌吧，总也是个人尖尖，虽然徐娘半老，那风韵却绝非年轻女子可比，况且，还心善得很哪。人家说了，家里没老人，还像个家么？新婚三月不足，就把老太太从乡下老家请了来。

请了老太太，就是请了白鹅。这个白鹅清楚。可白鹅心里并没有老太太的那份欢喜。白鹅住惯了半坡面水的瓦屋；大城市，就像老太太说的，憋屈的哩。它不明白的是，明知憋屈，老太太为啥还来？

来了，就安心住着，白鹅就把这家里的事弄清楚了。

原来，咱们厅长是副的，可他主持厅里工作的时间比哪一任正厅长都长。临危受命，在咱们厅长的政治生涯里，总有个五回八回的了。厅长换了一任又一任，几次换届期间，那青黄不接的关口上，总是他，以副厅之身担当起正厅之重任，最长的一次长达三年。那真叫兢兢业业，任劳任怨，用一句宣传材料上的套话说就是：于是，群众亲切地称他为"咱们厅长"。

可咱们厅长，却当不上正厅——就有了传言，说是得罪了上面；又传——跟错了线。这些都不靠谱。咱们厅长走得正行得端，除了新夫人曾经是市剧团的头牌旦角这一点惹人眼目之外，就是鸡蛋里挑骨头也挑不出毛病来的，这就又有了新说法，说，问题出在他的名字上头。

这个，白鹅想不通。姓是祖宗给，名是父母给，就像它白鹅，生而为鹅死而为鹅，哪是由得了自己的？

厅长姓关名大，人说，这名字太"冲"，许是他爹望子成官想得太狠，结果适得其反。白鹅不以为然。

白鹅为咱们厅长打抱不平，又觉得庆幸。庆幸的是，夫人跟它一样，也不信这个邪。夫人说：谁说叫关大就当不了大官？心理学早就说啦，名字对人的心理暗示作用大哩。不叫关大，那还叫关小么？夫人说着就笑，咯咯咯，银铃样的真好听，水葱儿似的一只小白手在咱们厅长的"毛寸"上左胡噜右胡噜，说：我就要我家关大当大官儿，给他们瞧瞧！说着，一个莲步转身，正跟踱到身后的鹅撞个满怀，尖叫一声蹿进屋里，砰地关了门。

鹅委屈得很。它是喜欢夫人的，掏心窝子说，它觉得夫人跟它有一点像。那当然不是说夫人生得像它，它哪敢？虽然夫人确实也白也胖，走起来路也一扭一摆，它可也不敢拿自个儿这畜生身子比夫人，它说的是夫人的性子：火爆，心好，就是老太太说的——刀子嘴；就是咱们厅长说的——豆腐心。那母子俩说起这女人，一个说好，一个孬；一个说孬，一个说好。可是，白鹅看明白了，他们说啥都白搭，这个家大人做主，谁都得听夫人的。

白鹅从不刻意讨好谁，它没那个必要。老太太不做主，那是老太太聪明。老太太讲话：谁当家谁受累，谁愿意当家谁当家。她老人家只管牵着白鹅晒太阳，无忧无虑过日子。白鹅这回就看明白了，到底是老太太厉害些。有老太太在，夫人再不喜欢它，也不能怎么样。

可是，好景不长，老太太突然过世了。鹅的地位起了变化。先头，咱们厅长是拿它当宠物的，得空就摸摸逗逗，还尽弄些好吃食来，那才叫宠爱有加。这会儿呢？宠物成了家丁。原来鹅舍在后阳台上，有花有草有太阳，每天下午，在暖暖的太阳光里小憩之后，有滋有味地消受上几棵油菜菠菜奶白菜，是白鹅的最爱，夫人管那叫下午茶。

老太太没了，下午茶没了，鹅舍也给挪到了大门外头走廊的死角上，阴暗潮湿终日不见天，不高不低，正像个门房。

鹅不计较。世上最疼它的人去了，日子却还得过。谁不一样啊？鹅没怨言，只要他们收留它，只要能对主人有用，它心里就欢喜。它就司好了这看门人的职，但凡有人从门前经过，必挺了脖子叫上两声；若是真有人来敲门，那它的嘶喊比门铃还响十倍。鹅怎么也没想到，这样的责任心，却讨了人厌烦。

夫人不容它了。先张罗送人，咱们厅长舍不得。夫人一边埋怨关大优柔寡断，一边研究起烧鹅的做法。

那一天是周末。天没明，保姆花妞就出门去了。咔嚓一声门响，白鹅在冻饿之中醒来，它是想再睡一会儿的，确切地说，是再"忍"一会儿。周末早饭开得迟，要等夫人睡够了吃饱了，花妞把屋里的事一样样弄妥了，才给它开饭。所以，白鹅不想动，动了会更饿，饿狠了，就连睡觉也不能了。

可是，屋门大开，暖洋洋的灯光和好吃食的味道扑面而来。白鹅躺不住了，豁地起来，伸了脖耸了胸，要把那暖意和香味吸进肚里，却只听咣当一声，门又关了——直像个梦，来了又走了，冰凉凉的黑暗笼罩了世界。

白鹅心里感伤起来。世道变了，它再不敢像老太太在世那会儿，为了肚饥大叫大嚷。它知道，叫了，只能更遭白眼。白鹅是只明白鹅，它想起老太太的话："忍"字心头一把刀。

还好，转眼间天光大明。电梯忙开了。叮叮咚咚，一拨又一拨头脸光鲜的人，从电梯出来，不转脸儿地全朝咱们厅长家来。

白鹅守门，就招呼了人家。这不是门房该做的事么？它白鹅吃了家里的喝了家里的，总该对这个家有点用才是。既是门房，就得有个门房的样子，哪怕是个饿着肚子的门房，那主人家的门面，总是要护的嘛。

白鹅是这么想的，可夫人不这么想。白鹅才通报了第三拨客人的来到，夫人就从门里头奔出来啦，横眉立目，本来秦香莲的脸蛋儿这会子成母夜叉啦，吊了高嗓朝它嚷。

"叫！叫！再叫我就……"

夫人没说就咋样，因为有客人从屋里跟出来。夫人那冷腚似的脸儿霎时间绽出一朵花儿来，朝客人柔声说：没吓着你们吧？该死的劳什子哟，看我早晚拿它做烧鹅！

门里爆出哄笑。男人声说：烧鹅你找我，我是行家。女人声说：你？还烧鹅呢，杀鹅差不多。

夫人的笑声像合唱的领唱，高亢优美鹤立鸡群。

自打没了老太太没了下午茶，夫人银铃样的笑声就成了白鹅的另一个最爱。因为，夫人笑的时候心情好；夫人心情好，白鹅的吃食也跟着好。可这会子，银铃起处，白鹅只觉毛骨悚然，一身冷汗湿了羽毛。然后，白鹅听见咱们厅长的声音，那个久违了的，跟老太太一样的乡音。是啊，咱们厅长这阵子忙得全顾不上它啦。只听他说：哦（升调。鹅）是偶（我）母亲留下的，不是一般的哦（升调。鹅），通人性呐。

一个男人声：与众不同，像天鹅。

一个女人声：来，咱们跟天鹅合个影！

白鹅进了客厅。多日不出鹅舍了，这会子没洗澡没吃饭睡眼惺忪饥肠辘辘，璀璨灯光下见高朋满座，白鹅真是自惭形秽无地自容。

白鹅是见过世面的。老太太在世那会儿，只要咱们厅长夫妻俩不在家，这房子就是它跟老太太的乐园。

老太太吃饭，它陪上桌。那是它一生顶荣耀顶开心的日子。不过跟今天的荣耀比，却算不得什么啦。

白鹅激动起来，冰凉的脚丫有了暖意，它温顺地随咱们厅长走到客厅中央，走进那些华衣美服的人中间，依偎在他腿边，等他坐下，等那双暖和的大手在它背上一下一下地胡噜。他真这么做了。从前他总这么做的。白鹅眼湿了。抬头看关大，他的眼也湿了，只听他说唉——。人都静了，等那唉——后头的话。

又是一声唉——

唉是叹气，白鹅晓得，人想说说不出的时候就"唉——"，像它白鹅，委屈了，就拧了脖子在喉咙里咯咯出些声响来，只有关家母子俩懂它的意思。如今关大这么唉唉的，白鹅觉得，它也懂他。人都交换眼色，不出声。白鹅想伸开膀子抱住他，又恐乱了他心绪，只好揣一颗滚烫的心，乖乖伏在他脚前。就见关大吸口气，瘦咧咧的胸脯起伏一回，正要开腔，身后"银铃"乍响。

上桌啦上桌啦！夫人带着一团蒸汽，由厨房出来。你瞧她两手各举托盘一只——左边一盘蒸蟹，红通通；右边一盘发糕，黄澄澄；脸儿白里透粉，好似八月牡丹。嗨，谁说二八年华的女人最娇美？白鹅不以为然。女人要有风韵才算美，二八青杏三八红梅四八五八才是芍药牡丹呢。瞧眼前这娘们儿美的，任你是块顽石，也化了。

人都上了桌，夫人举杯，说谢谢大家光临，都是好朋友，一个好汉三个帮，我们关大这回晋升，没大家帮衬不行。

桌上起了回应，像一阵微风，不大不小，正拂到面上。

一个说：咱自己的事嘛，说啥子谢？

又一个说：是哩是哩，厅长的事就是咱的事。

再一个说：可不是咋的？

164　　深红的酒汁在微微晃动中溢出香气，人都举了杯要喝，夫人却把杯子搁下了。你瞧她柳眉微蹙，刚还八月牡丹呢，转眼就梨花带雨了，说：你们说，关大他真能上得去么？他这一回可是最后一站，五十五啦，上就上，上不了，就完蛋。关大他这么些年，真是……

这就说不下去了。白鹅眼睁睁瞧见一颗大眼泪珠子，从那传情美目中掉下将来，打个滚，在粉腮上成一条泪痕挂着，唉，这女子，可不是惹人怜见儿？白鹅的眼也热了，把夫人的坏也不大记得了。这是白鹅的弱点，道是：好了伤疤忘了疼。

白鹅同情咱们厅长的辛苦，体会夫人的苦心，它还觉得，自己在这个家里头，白吃白喝白住着，对主人的难处帮不上忙，挺惭愧的。

桌上又起了回应。

一个说：大势所趋。

一个说：势在必行。

又一个说：今儿在座都是实心实意的朋友，咱们厅长进不了常委，咱这儿——这是个女子——女子拍拍俩馍似的胸脯说：就过不去！

夫人破涕为笑，举杯说好，朋友一场，一损……忽然扭头看咱们厅长，叫关大，那话咋说来？

咱们厅长举杯朝众人，像梁山泊聚义厅的好汉那样高了声道：一损俱损，一荣俱荣！

白鹅从没见关大像今天这样豪气，它想：这样的男人，在外头叱咤风云，在屋里怜香惜玉，这才叫好样儿的哩。可惜自个儿不是人，若是的话，模样怕是跟夫人差不多，是咱们厅长喜欢的类型。白鹅想着就红了脸，一扭身，想回鹅舍去，却给一只大手抓住了身子。猛回头，就见咱们厅长含了笑，一把好吃食摊在手心里，伸到他眼前头来了。

嘴巴触到他的手心，白鹅有点晕，嗨，说心醉神迷也不为过，它几乎就忘了那好吃食的滋味，只觉得整个身子，由嘴巴到脚丫，一点点都融化在他手心里了。

整整一天，夫人兴致好，好像一只蝴蝶，上下翻飞左右逢源，把气氛搞得顶和谐顶融洽，该办的事儿可一点没耽误。走的时候，客人们众口一辞，让咱们厅长跟夫人放心放心再放心，这回咱们厅长若不能向上一步，他们就集体辞职。

客厅里终于清静了，夫人余兴未尽。白鹅睡着之前看见的最后一幕是，换了一身雪白细棉布镶蕾丝睡衣的夫人，颤着胸脯，兴冲冲朝咱们厅长去了。她高兴、忙乎得都忘了叫白鹅回鹅舍去了。

这一夜白鹅睡在门边——是门里边。门里边真暖和，还香，是人的香味花的香味吃食的香味，唉，总之就是好日子的香味。它想起从前，有老太太的那些日子，就合上眼，做了一个梦。

白鹅梦见咱们厅长，很多人跟在他身后，朝一个地方去。太阳像盏灯，照着他脚前的路。这太阳怪，不照天不照地不照旁人，只照关大脚前一米尺远。人都在黑夜里，全是黑影子，顶大一个影是关大。白鹅想：黑天出月亮的嘛。太阳是咋了？该下台不下台？白鹅觉得心慌，就紧随了关大的黑影子走。斜刺里来了老太太，枯树枝似的手摸到它脊背上，没牙的嘴露好大风，说好兆头么，娃嗳，好兆头么！白鹅吧嗒着嘴朝老太太要吃食的时候，听见一声巨响，她魂飞魄散，叫妈妈呀，是太阳爆炸了么？

白鹅睁开眼，看见液晶电视破了个大洞，直角大屏幕好像老太太开口笑。

夫人披头散发，胸口像安了个气泵——呼哧呼哧呼哧，怒目圆睁。白鹅顺着夫人的目光望去，就晓得了，夫人瞪的不是别人，正是咱们厅长！

白鹅来了这些日子，见证了主人家的夫妻生活。吵闹是有的，可今天这阵势还是头一遭。你看关大，脸铁青，全身抖得沙沙的，像一棵给狂风摇撼过的树，枝也断了叶也落了，丢盔卸甲，狼狈不堪。

夫人吼：不想！？你不想，请那帮人来，吃我的喝我的说那么多废话干吗？！说着，四下里踅摸，忽然间，从茶几上抓起个闪金光的物件。

白鹅只觉那女人要下毒手，它蓦地挺起身，想冲过去护住男人，同时伸脖子大叫：关大，跑啊！

咱们厅长没跑，他像个被割倒的麦了个儿，倒在沙发上啦。女人的暴怒非但没激起他同样的愤怒，那声调里连往日的精气神儿也没了。

他瘪着声说：请客，不是你要请的么？进常委那么容易？得有背景有靠山有路子，你说，我有个甚？

夫人啪一声把手里的金光物件摔到茶几上。白鹅这才看清了，原来是个名片盒子。名片从盒子里飞出来，雪片似的散开去。

你没个甚！你甚都没！

夫人本不是厅长同乡。夫人是大城市人。可人家是演员嘛，天生模仿能耐强又有幽默感，就喜好学几句咱们厅长的乡音逗乐。不过这会子，白鹅可没听出那个叫幽默的东西，女人的吼声，叫它也跟着咱们厅长一块儿抖。

夫人大放悲声。

白鹅一时懵了，它想女人这东西真叫人搞不懂，

灵魂 纪事

A Story of the Soul

169

鹅有一个梦想

明明欺负了人嘛，自个儿倒委屈了？她是母，我也是母，它这个母，还真不如我这个母。我白鹅受了再大委屈，总也懂得个通情达理。想着，就越发可怜起关大来。

倒霉！女人叫：我做了什么孽啊，摊上你这么个废物！比你没靠山没路子的人有得是，不都上去啦？没靠山找靠山，没路子找路子，你呢？站起来一根棍，坐下去一摊泥，扶不起来的阿斗！我这么扶持你，连吃奶的劲都使上了，你还一副软蛋废物窝囊相！哎哟——

夫人把浑圆的身子砸在沙发上，头一仰，要犯病啦。

不开玩笑，夫人是冠心病戴了"帽"的。

夫人"犯病"之前的最后一句话是：我……图个什么啊？

咱们厅长忽地从沙发上站起，女人犯病也不顾啦，话不成句地说你，你……，终于迸出一句话：我瞎了眼，娶了你这么个女人！

这句话非同小可，正在衰弱下去的女人好似一支将熄的蜡烛遇了明火，本来飘飘摇摇的火苗，忽一下旺了起来。她蓦地挺了身，从沙发上一跃而起，俩手扎扎着，索命夜叉似的，朝咱们厅长扑将过去。

咱们厅长不愧是咱们厅长，未等女人近身，一拐弯进卧室去，咔嗒一声锁了门。

白鹅眼里热辣辣的。若是在今天以前，若是在"门房"里隔门而听，它也许不至于有这么痛切的感受。它爱他，心里刀割似的疼证明了这一点，看见他受苦，它简直没法活！它想扑过去咬那女人，只要她敢再说一句侮辱他的话！

卧室里静悄悄全没声息。空荡荡的厅里，女人的嚎啕响彻屋宇。

这一夜，西线无战事。

第二天早上，白鹅用小眼睛观察着——夫人，脸肿眼肿，虽然扑了粉，可有股子掩不住的杀气，好像目光所到，无论是甚，她都要嚼碎了吞下去。花妞摆了早饭，她没吃，拎了包，摔门走了。

咱们厅长才从卧室出来。昨晚上，两人一准分居了。这个，白鹅看得出。你瞧，咱们厅长脑门更大了脸盘儿更小了，气泄神散意气消沉，没吃几口饭，也拎了包出门，然后回身，轻轻地把门带上，全没夫人那气势。

白鹅情不自禁唤了他一声。

咱们厅长站住，回头看见了它。白鹅激动得眼都模糊啦，这一天一夜，他俩受了几多委屈几多煎熬？

白鹅只觉喉头哽咽，万语千言无从说起。

咱们厅长在鹅舍前蹲下。四目相对，白鹅读懂了他的心思——关大想他娘了，所谓睹物思人，说的不就是这？

白鹅啊啊地答应——替老太太，可不是老太太，比老太太多点啥？娇羞，对，就是这。唉唉，白鹅要是能说话，准得跟老太太一样儿地宽慰他。不，是得比老太太更不同些，毕竟，它不是他娘嗳。

白鹅极尽温柔地劝解，却发觉咱们厅长神气不对，只见耸肩皱眉，扭头问花妞：鹅咋啦？

花妞说：是发情了么？早先倒没见它这样过哩。

鹅简直恨死了花妞，想：她算什么高级动物？连点感情都不懂！发情？好个不堪的说法！鹅又羞又怒，朝花妞猛凶了一嗓子，把她吓进门去了。

现在，鹅有了一个梦想。

它想变成人，变成夫人那样的女人，白白粉粉丰
腴水润，当然，歹毒的心肠千万不要。她要继承老太
太的遗愿，好生待他伴他。整整一天，它翘首盼他，
等来的却是夫人。

鹅从暗处盯住那女人。它一辈子没敌人，现在有
了，而且就在眼前。她是它的情敌，是摧残它心爱的
人的罪人，还是要谋害它的潜在凶手，它忍不住冲她
吼了一声。

这杀气腾腾的一声，夫人听懂了吓坏了，她惊愕
地朝鹅舍呆望两秒，然后鞋跟敲地咔咔咔进得门去，
不一会儿回转来，手里提了把刀。身后，畏畏缩缩地，
跟了花妞，手里一大盆开水，蒸气淹没了那苹果似的
脸蛋蛋。

鹅知道决一死战的时候到了！它是不怕死的，这

没天日的生活本没甚可过的。它是放不下他。它想就是死，也要死在他跟前！它屁股抵住鹅舍的一角，随时准备自卫。

女人先来捉，不成；叫花妞捉，还不成；女人又来捉，带了苹果绿胶皮手套的手又狠又准。白鹅挺吃惊，想：别看这女人一副娇娇水水模样，居然是个宰杀好手。它想光躲怕不成，得反击。想好了，鹅就行动了，就在女人凑上前的功夫，它猛一挺脖，张开嘴，在女人的鼻子上狠咬一口！

白鹅咬烂了夫人的鼻头，惹恼了咱们厅长。这是鹅没想到的。往浅了说，它是自卫；往深了说，那也是给他出了气嘛。可是，咱们厅长却把它从鹅舍里捉出来，用扫帚把儿揍了一顿。其实，白鹅哪是那么好捉？夫人被咬就是个明证。它只是顺了他依了他，他要捉它，就让他捉了。打它，他下手不狠，可神气狠，就算是做给夫人看的，也很伤了白鹅的心。更叫白鹅受不了的是，在把它好生惩罚了一顿之后，那夫妻俩竟然双双相拥着，进屋去了。

白鹅真晕了。那样说，他们是和好了？白鹅想不透，咱们厅长那么聪明的人，居然看不出那女人的用心？嫌贫爱富势利虚荣心比蛇蝎，说的就是她！真真是老太太当年骂得好，她说阿福啊，早晚你得毁在这女人身上！

屋里的人又百般恩爱起来，不是女人追着男人就是男人追着女人，唧唧唧说个不停。白鹅不懂，打也打了闹也闹了，就算不得已和好了，怎还能有那么许多话说？

咱们厅长起了变化，脑门亮了，脸盘大了，卜巴叠起两层。常言说，心宽体胖，看来，在当官这件事上，咱们厅长和夫人有辙了。

这不？转天夫人就带了个人来。

一个女的，跟夫人年纪相仿，类型不同，水仙花似的，清清秀秀袅袅婷婷，从鹅舍跟前过，就是一阵子的暗香浮动。夫人进门叫关大，说书记太太驾到，还不出来，有失远迎啦你！那女人轻笑了说：朋友之间，哪那么多讲究？你再这么说，我可走啦！而后娇滴滴叫关厅长，你好啊！

门虚掩着，透过半尺门缝，白鹅看见咱们厅长大步赶来，脸上开朵大丽花似的，朝那女人伸出双手，一场气氛融洽的会谈就要开始了。

白鹅叹气，想，自己就是变了人，也是个乡下女人，充其量不过性情模样儿好些，总也是竞争不过夫人的。不懂得官场的事，对关大，有甚用处？

三人叙谈到深夜，从门里出来，在电梯门口争执了一会儿。夫妻俩要送，"水仙"不让。争来让去推推搡搡，最后还是一块儿上了电梯。

电梯门开了关，关了开，夫人和咱们厅长回转来。夫人粉面上含了笑，嫩手儿在咱们厅长剃了"毛寸"的脑袋上胡噜一把说瞧着吧，这娘们儿当了你的财务主任，谁吃了豹子胆敢找咱麻烦？！

日子很快地过去，一天天的，白鹅只见那夫妻两个，进进出出，出出进进，大盒小箱的礼品拿出了屋去。

白鹅看着心疼，老太太在世的时候说过，那柜里头全是珍贵东西。老太太还私下里埋怨咱们厅长，说他败家的关阿福，这么些值钱东西，也不晓得上个锁！

以白鹅看，那柜里的珍贵东西该给拿得差不多了。它想人真难，当个官得倾上半个家去，当那个官做甚？它想那个什么常委，一准是个顶要紧的差事，不然，咱们厅长两口子怎肯下这样大的血本？

白鹅平静下来，爱情从它心里渐渐消失。它想自个儿那单相思，才叫做白日梦。它跟他属于两个世界，不管他怎样疼它爱他，都不可能走到一块儿。因为他要的，它给不了。白鹅认命了。

白鹅心如止水了，日子却偏偏闹腾起来。

这一天响晴薄日，连黑魆魆的楼道都比往日敞亮了些，这样的日子很适宜户外活动。早上的广播说了，空气质量优，适宜晨练。

晨练，白鹅早不做那梦了，那是从前的好时光。现在，鹅舍给花妞锁得牢牢的，一把将军不下马，白鹅就是生个铁嘴，也咬不断。

想起花妞，白鹅气得很，那是个顶会看人下菜碟的丫头。老太太在的时候，她左右逢源；老太太没了，就跟定了夫人，对夫人唯命是从，胆子大得，连咱们厅长都敢骗。这不？前儿当着白鹅的面，咱们厅长说了，鹅跟狗一样，也得遛，他说：花妞，你得空，出去遛遛它。花妞红口白牙地说说了谎，她说：去啦去啦，今儿早上才遛的哩。白鹅差点背过气去。

鹅舍里，白鹅呆呆地卧着。它觉得自个儿大不如前了，身上没力气，胸脯干瘪瘪，它想这么活着，实在没啥趣味，索性闭上眼，从早睡到晚。

就听见了脚步声，熟悉的，由远而近。是咱们厅长。咦？咱们厅长从来天不黑不着家的，今天日头还在中天就回来了，许是忘了东西回来取的吧？咱们厅长朝鹅舍里望了望。

白鹅倦意全散，挺起身，目送咱们厅长的背影，想：是有点怪，他那样看自己，可是好久没有的了——温柔、怜爱，还有些从没见过的——啥呢？白鹅想了想，觉得是幽怨。

咱们厅长进屋出屋，手里多个闪光物件，是钥匙！

白鹅真不敢信啊，恍恍惚惚，就跟着他到了花园里。

阳光好青草绿花儿艳，不是周末又近中午，花园里可静了。咱们厅长在长椅上坐下，回身招呼白鹅，两只大手一搂，把它抱到椅子上，搂住它的脖子，再一下下胡噜脊背。

白鹅的心跳得咚咚的。这样事从没有过！从前老太太爱它不爱？也没这样搂过它的脖子。白鹅只觉心里涌上一股柔情，就听咱们厅长说话了。

不进常委有个甚？不当正局有个甚？你说是不是？

白鹅没顾上回应，它心里一亮，忽然间明白了"常委"的意思。这么些日子了，老听见他们常委长常委短的，原来是这么意思么。简单地说，就是暗无天日的生活。就像它在鹅舍里的日子，没太阳没青草没风没水没自由。自从咱们厅长开始为"常委"忙，就没带它来过花园！敢情咱们厅长跟夫人，忙得脚跟朝前，受气耐烦的，图的就是那？

咱们厅长没当上"常委"。不当了，你听听，他终于想开了，比起那个什么破"常委"，他更愿意跟它在一起。

幸福不期而至，白鹅一时恍如身在梦中。它没想到，自己这辈子，居然还能过上这么甜蜜的日子，比老太太在世的时候还要幸福百倍。它的心里啊，就像那满天的太阳光，亮堂堂，暖洋洋的。

夫人提出离婚是在八月十五的晚上，一家人刚吃完团圆饭。一家人，说来也没几个，就是咱们厅长乡下的弟弟、弟媳和两个半大小子，听说大哥落赔了，怎么着也要进京来看，还大小编织袋背了五六个，红花生黑木耳白蘑菇紫皮蒜装得满当。

夫人强撑了大病初愈的身子，指挥花妞做饭。酒菜吃毕，兄弟说话了。兄弟说大哥，活人图个心里敞亮你说是不是？你瞅俺，没钱没势就这么个小日子，老婆孩子热炕头。要我说，人活着说到底，就是这！来，大哥——兄弟捋胳膊挽袖子说：划一个！

许是给兄弟的话打动了，一直蔫嘟着的咱们厅长把杯中物一饮而尽说：划就划，来——

兄弟俩划拳，声那个大啊。

夫人是在他们喊到"五魁手"的时候从屋里出来的。她刚告了假，说累了先睡了。当然了，在那样的噪音里，她肯定没睡着。

夫人在客厅里静默地站了一会儿，说话了。

她说：你们滚。

没人听见，划拳的跟观战的都投入着呢。

夫人喊：你们，都给我滚！

这回，饭桌边上有了反应。划拳的没听清她喊甚，可从对面女人孩子的神气里看得出，那话不一般。

都静默了。咱们厅长回头找女人，见穿了睡衣的她——头发有点乱，眼睛有点肿，脸儿有点长，知道她不爽了，可她天天不爽叫他可怎么好，就说：你，还没睡？

公正地说，这句话说得不够温存。人家病了，还做了一天的饭。中秋之夜，病着的人独自躺屋里听外边人猜酒划拳，心里滋味不好，也是有的。

咱们厅长多聪明的人，很快发觉了自己的失误，走过去，要把女人抚慰到屋里去。

晚了，女人不吃那一套了。话，说得锋利。

"关大我算认清了你，我治不服你，管不了你，帮不上你，可是，我不能再受你的害了！"大人小于捂到胸上，有气无力地说：我，我要离婚。

都说咱们厅长走背字——官运不济，想开点也罢；后院起火，却不是说想就能想开的事。唉唉，世人都晓神仙好，神仙谁也当不了不是么？都叹气。

这个说：那叫没艳福。

那个说：未必，那样的女人，无情无义，不如一只鹅，早离早好。

咱们厅长不出声，任人说，除了脸上稍许憔悴点之外，变化不大。

都说咱们厅长的政治生涯这就画了句号。五十有五的年纪，末班车上不去，剩下的只有安度晚年啦。

世上的事，偏偏是明眼人也看不透的。

新上任的贾厅长屁股没坐稳就住了医院，病得不大好呢。巧的是，这当口儿，市里新来了个甄副市长，

鹅有一个梦想

做事的人，他晓得咱们厅长的政绩看重他的为人，说：关大这样的干部不用，用谁？

咱们厅长就当上了厅长，正的。

一对就要分飞的劳燕转眼间破镜重圆。在庆祝咱们厅长荣升正职的家宴上，照例是夫人致辞，她说：我跟关大这些年，风风雨雨，走过来真不容易……

举座为之动容。

甄副市长说话了。甄副市长秦腔唱得好，嗓音亮，他说大喜的日子啊，不哭不哭，关大你今天请咱们吃甚？

夫人抢先报菜名。人家来的是道白的范儿，千娇百媚流莺婉转，上等菜品一道道，取的都是吉祥富贵的名儿，什么喜鹊登枝百鸟朝凤永结白头马上封侯……一类的。

甄副市长却不买账，摆头，左看，右看，眼光停住白鹅身上，笑了，说早听说你家有个鹅，不是天鹅吧？

举座笑，说烧鹅烧鹅烧鹅。甄副市长抬手说不行，圣人教诲：己所不欲，勿施于人。夺人所爱，不好。

鹅上了桌。因为大，做了一鹅三吃。烤的，烧的，还有一大罐煲鹅汤。浓白的汤水里漂着大朵的蘑菇，撒一把香菜末末，真鲜！

客人们吃得美喝得美，满意而去，夫人红牡丹似的脸儿凑近丈夫，柔声叫关大。你甭难受，夫人说：你愿意，咱再弄一只鹅来养着，好不？

咱们厅长摆摆头。

夫人说，真不养啦？

咱们厅长又摆摆头。

夫人笑，说你倒干脆呢。说识时务者为俊杰，你啊——她一根葱管似的指头轻轻戳到咱们厅长脑袋上——就是那个俊杰呢！夫人这就起身，打电话叫司机小吴赶紧上楼把鹅舍搬了去。

咱们厅长没动，好像此事跟他无关。可不是么？一厅之长，好多大事要他操心。

门外有了动静。咣当当，是搬弄鹅舍的声响；咯咯咯，是夫人爽朗透顶的笑声。司机小吴铆足了劲，要把那鹅舍拽进电梯的当口儿，屋门开了。咱们厅长站在门口，脚上只穿了一只鞋。

夫人扑哧笑了，说瞧你这样儿……她话没说完就给咱们厅长打断了。咱们厅长朝鹅舍扬了下颏，吐出两个字：留着。

味道不好呢！夫人小手在鼻子下头搧了又搧说：不养了，还留它干嘛？

咱们厅长当了正职，真忙。早上他第一个出门，比去早市的花妞还早；晚上他末一个回来，比散了戏的夫人还迟。晨光从门里泄出来，把他的影子打在鹅舍上，好像一个佝偻的巨人紧抱了那笼子；夜里，走廊的灯从头顶照下来，把影子缩到脚边，像只黑猫，悄没声地跟着。鹅舍一直在。夫人又说了几回想扔的话，咱们厅长不吭声，实在捱不过了，就那俩字：留着。

宾客盈门，高朋满座，夫人在客厅里蝴蝶儿似的飞来飞去，日子啊是真红火。人都说，夫人是旺夫的命，咱们厅长啊还得奔上走哪！

一个克隆人的自白

Gosmo 2012.10.20

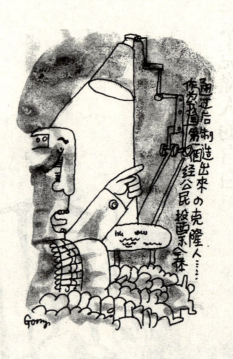

開遊后制造出來の克隆人……作为招唤勞個……経公民投票系全綠

他们克隆我的时候，可没料到会有现在的事。他们说我是伟人，舍不得我死。确实，在刚过完的那一辈子里，我很受人民爱戴。可我从没想过要克隆自己。我相信我爹的话。他在老家种了一辈子稻谷，临死前抓着我的手说了一席话，道是：凡事都有定数的，你胆大包天你么事都敢你改天换地，可你拗不过命去，老天让你死，你哪里有的活？老天让你爹死，你也干瞪眼没得办法么！我知道爹用的是激将法，他对他儿子太器重了些，以为这么一激，我这无所不能的脑壳

里就会冒出些邪法子来，救活了他。可是我没法。那

会儿还没有克隆这一说。我看着爹死了。爹是不想

死的。

194

　　而我，说心里话，真想死。

　　现在，作为我国第一个经公民投票全体通过后制

造出来的克隆人，我决定结束我的生命。

　　死没什么，对我来说，上辈子过完了，这辈子原

本就是赚的。可话得说清楚，说清楚了，死也不委屈。

　　在克隆动物繁育基地，每天都批量生产着克隆羊

克隆猪克隆牛克隆狗，还有被叫做"灵长类动物"的

克隆猴。在商场，它们比绒毛玩具卖得贵点。要是你

的猫儿狗儿快死了，抱到商场交点定金，那穿白大褂

一副医生扮相的基因员（他们是那么叫的）就当着你

的面儿，在那垂死的宠物儿身上提取些基因物质，前

后不过几秒钟的事，几十天后还你的，是个活蹦乱跳的宝贝儿。

还没克隆过人。至少没人敢公开这么干。法律不允许。法律说：任何一项克隆人活动，必先经过公民投票全体通过（注意：是全体！），在国家高级行政机构备案，其过程须在指定机构的全面监控下进行，违者以故意杀人罪论处。

我的上辈子就是在这种形势下结束的。

克隆我的事儿提出来的时候，我已经深度昏迷。他们慌了。他们是我的同志、伙伴和追随者。他们不想让我死，我死对他们没好处。他们以为我能挺过去呢。我从前那样挺过去几回。见我真不行了，他们就想克隆我。原打算悄没声地干，搞个天衣无缝神鬼不知，可消息走漏了，一些人像炸了窝的鸡似的闹起来。结果，只好按法律程序投票。

人民给发动起来了。其实人民是不用发动的，人民对我的爱比他们深比他们纯，人民的眼睛是雪亮的，只是这一回，因为留我心切，人民忽视了那些人隐藏极深的私欲。

第一轮公民投票，80％赞成。成绩不错，可还不够。法律定的，全票通过，一票也不能少。媒体上开始展开讨论，各大电台电视台策划了以此为主题的现场直播讨论会，回顾我"为人民事业奋斗的光辉一生"；报纸上连篇累牍地刊登长篇评论员文章，论述我的再生对国家民族的深远意义，说我"高瞻远瞩，深谋远虑，对祖国和人民无限忠诚，为人民的事业奋斗，为人民的事业献身，一生跟人民在一起……"

第二轮公民投票，90％赞成。克隆人医疗小组不分昼夜地守在我身边，只等一声令下，就从我身上取出基因物质，进行我国第一例人类体细胞无性繁殖。

而我，在昏迷中走向死亡。

我相信他们是采取了一些特别手段的，我太了解他们了。结果当然是全票通过。

我再生了。

再生之后干的第一件事是我上辈子没干过的——大发雷霆。我的上辈子可以算得上叱咤风云，却很少对人发脾气。我从来认为，暴怒是无能的表现。对比我弱的，没必要那样；对比我强的，那样也没用。喜怒不形于色成了习惯，效果也不差，别人果真就摸不清我心思了，我觉得那样比较安全。

可这一回，我实在忍不住了，朝他们狂吼："谁让你们克隆我的？谁给你们的权利？你们还讲不讲人权？让我当克隆人，你们——"我的手指戳到那些厚颜无耻的脸上，"你们，哪一个问过我愿意不愿意？！好大的胆子啊你们！老子……"

"老子"，我好多年不这么说话了，自从当了伟人就不这么说话了。可这会儿咋也管不住自己，我右巴掌拍到腰里——这是年轻时带枪的习惯，多少年我腰上都挂一把"盒子炮"———句话脱口而出：

"老子毙了你们！"

他们吓坏了，呆鸟似的不言语，老半天才小心翼翼地说："问您，您也不会同意啊。"这话倒说进我心坎儿里了。问我，我肯定不同意。我爹的话，人跟命拗，死路一条。想到这，受愚弄遭背叛的感觉更强烈了，只觉急火攻心正待再骂，一个小个儿站出来，他叫着我的官衔说了一句话，他说："这是人民的决定。"

这家伙，别瞧他个儿小，话说得却有些分量。他说："您的身体不是您自己的。您的身体是人民的。"

这回我成了呆鸟。我呆呆地盯了他，半晌，想明白了。也好，再活一辈子。

再活一辈子，有啥不好呢？只是心里总不是滋味。克隆人，我是克隆人？越想越不对劲。那个制造我的家伙，克隆动物专家老是对我说一句话："一切都跟从前一个样儿。"

可是，一切都不一样了。你永远没法体会，一个走过死亡之门又回转来的人会怎么看世界。阳光，空气，海水，人——脸蛋儿红润身子丰满的女人，欢蹦乱跳吵吵闹闹的孩子。我伸出手去摸他们，感觉新鲜美妙，无法言说，心里全是侥幸的狂喜。白得了又一辈子么？我？我？真的是我？就算我是这个时代的杰出人物，就算我像他们说的——是伟人，难道能违反自然规律，永无休止地再生下去么？嗨，这事居然轮到我头上？可是，有啥大不了呢？羊不是再生了？牛不是再生了？猴子不是再生了？我，一个为国家民族贡献了一生的人，为么不能再生？可是，这——真是——真的么？你瞧你瞧，道理虽然讲得很通了，还是由不得叫人一问再问。

"是真的！"她们说。她们，是我的女人。

我老婆十年前死的，死前先病了十年。她是个好人可不是好女人，没二心没歪心，就是不解风情——无趣。自从她病了，组织上给我派了女秘书。她死了，又多派了俩。现在我觉得结婚不是啥好事，最起码不符合人性。可人民要结婚，不能不让他们结。我们顺应民意，搞"合理配对儿政策"，保证婚姻幸福，杜绝离婚。今天的年轻人比我们那会儿幸福百倍。我们那会儿懂啥合理不合理？两个铺盖合一处就算一家子了。指腹为婚包办婚姻，谁管你幸福不幸福？还不让离婚呢。这一点上我不谦虚，是我带领着我的民族朝前走了，是我让人民得解放。

说到女人，我有些体会。比如我老婆，活着时候我没给她好脸，死了可挺想她，想她对我的忠诚、不讨人喜欢的拗劲。我要灭谁她总不让，骂我是暴君，说我早晚遭报应。我遭报应她还是跟着我，所以我由她骂去。这世界上也就她敢这么骂我。她是我身上一块肉，不觉得她在是因为她总在。现在的女人不一样。对她们不值得动感情。她们对我唯唯诺诺，从不执拗，不是服我是怕惹怒了我遭灭。女人这样也就算了。我的儿子们也这样，整一副孬相，咋那么没气性呢？一点不像我跟他们妈。儿女就是眼前花儿，我娘的话。我看我的儿，不是眼前花是眼中钉，成事不足败事有余的货，真宁可没生他们。所以我的国家不鼓励生育，劳民伤财的事我们不干。

女人还是从前的女人。就是克隆专家的话：一切都跟从前一个样儿。她笑嘻嘻地过来啦，全心讨好我。

好久没碰她了，在上辈子我已经老朽得不行。可她从不抱怨，不光嘴上不，我晓得她心里也不。她是忠诚的，懂得对组织负责。组织就是我，我就是组织；对组织负责，就是对我负责。

可今天，她跟从前不一样了。还是笑嘻嘻妩媚动人，可那笑，有点微妙。面对容光焕发的我，面对我热情洋溢的胸膛，她突然犹豫了，嗫嚅着叫我的官衔，说您……，是您么？我的头嗡地一下，眼前金花直冒，刚才她还跟我说一切都是真的，一切都跟从前一样，怎么这会子却问这个？她说着就用胳膊抱住我脖子，乳房沉甸甸抵住我胸口；刺鼻的香水味冲进我鼻孔——只觉一阵恶心——我不行了。

这事发生得突然，我毫无准备。我想是那香水，不，是她的眼神儿叫我受不了，那又恐惧又疑惑又——我想都不敢想——或者是厌恶的眼神儿？反正她以前从没那样看过我。我想：自己到底是个么？我跟女人，究竟哪一个出了问题？这么一想，立刻冷汗淋漓，兴味索然。

我丢了功能，就一眨眼的事，是上辈子绝没有过的。

这事让我别扭。就开始觉得不对劲，哪儿都不对。好像所有症状都跟克隆有关。我不是正常人。我是克隆人，举世无双前所未有，在我身上发生什么都不足为怪。

克隆专家给叫了来，诚惶诚恐，可全不知拿我咋办，那副孬样子惹怒了我。我揪了他的脖领子叫：你小子不给老子解决了这事，老子就削了你那家伙事儿！他吓得筛糠，我气得发抖，突然"内急"。

这是另一个症状——尿频。我现在把所有这些原先没有的不适统称为克隆人综合症。尿频腹胀头晕眼干脱皮……在卫生间的镜子里我瞧见自己，脸色铁青眼圈漆黑脸上一块块的蜕皮，像一只脱壳的蝉，无可挽回地走向衰败。

204

心里猛一阵烦。当了克隆人以后我的脾气变了，我整个变了，可位置没变。人民在看着我，我不能倒下去，得站在最高处，像他们多年来习惯的那样，指引他们。想到这，我心定了。从卫生间出来，我说：你们回去抓紧研究对策吧，我晓得，第一个克隆人要忍受很多痛苦，一切都还在实验过程中嘛。这本来不是我的愿望。不过，既然是人民的选择，我只有听从。你们跟我一样，不能让人民失望哦。

克隆专家感激涕零地走了，他以为我得要他命呢。

我觉得头晕，刚要躺下，有人送了急件来。就让女人念。她念：上十头猪挤满了城市中心广场，引来大量围观者，市民情绪混乱，市内交通瘫痪。市公安部门已派出全部警力，维持秩序，疏导人群。

我从床上坐起来。下午的阳光透过窗棂在我身上打满格子。女人柔声问要不要拉上窗帘，我说不。我说：写，严禁打骂农民，严禁伤害牲畜，妥善安排，送他们回家……

女人的笔在纸上刷刷地滑动，写完了，柔情地看着我。她是觉得我仁慈。对农民我从来都仁慈，我自己就是农民的儿子。让他们养猪是我说的，因为地少，连河塘都填了种粮食，还是收不够。我说就养猪吧，不花什么钱，又有得肉吃有得钱赚，不是很好么？我是说给我乡里人的，不承想全国都效仿了。农民成了养猪仔，满天下的猪却没人买了。农民急了，把猪赶到广场上来卖也情有可原，原本是说政府收购的嘛。一拍床沿我下了地，我说：政府的工作是怎么做的？！

就让女人叫秘书，传大总管进来。

女人才起身，敲门声响了，进来的不是别人，正是大总管。只见他蓬头乱发脸儿乌青眼发呆，全没了往日的奸雄相，像个刚破产的小业主。见我横了眼瞪他，他顿了一下，眼睛先避开去又迎上来，叫了我官衔说有急事向您请示。我说：急事？不成了急事，请你们都不来！成了急事，再请我顶个屁用！他又垂下眼去，脑门正中一脉青筋勃勃地跳。我说：中心广场成了牲畜交易市场啦？亏你们堂堂一个有效政府……

大总管抬起脸，截住我的话。他敢截我话头了，上辈子他可不敢。我当然火了，正要发作，他说出来的话把我的火憋在半路。

他说：公务员闹事了。

我仰天大笑。第一，他说的事可笑；第二，他有勇气跟我说出来更可笑。

"堂堂一届有效政府，连执行我们公务的公务员都闹事了，我们还待在这儿干吗？啊？"我俩眼冒火，看他在我的"火"里发抖，突然提高声音说："你们集体辞职了吧！"

他脸上渗出汗珠，黄豆粒似的，一颗颗朝下滚。大总管一向是顶沉得住气的，今天这样子，确实少见。我心里更烦了。早说过，我一向讨厌遇事手足无措的人，何况这会子身上又难受起来。我恨恨地想：狗娘养的，出事就知道报急，一帮子无能蠢蛋废物点心！啪地一声，我甩了手里的文件，把自己摆进那个为我特制的高背大皮椅里，脚丫子正翘到他眼前的桌上。我说："闹什么闹？吃的也发了用的也发了，汽车不是才发的么？一人发一辆小汽车，天底下哪找这样的美事去，还闹什么闹？"大总管脸上红一阵白一阵，压低了声音说："他们……要涨工资。"

简直欺人太甚！我觉得他们在欺负我。这个几十年如一日勤勤恳恳的大总管，其实不是个东西！明摆着他欺负我，他招的那些狗屁公务员也欺负我！我是谁？冤大头么？说真的，要不是怕吓着旁边的女人，我早大耳刮子把他扇出门去了！我想我有这个力气，虽然身上哪儿哪儿都不得劲，这个力气还是有的。

我放了粗口。我说："你娘的招的这是什么国家公务员？白吃白喝白开汽车，还涨工资？哪样都发了，他们要钱做么去？"气急了，我的乡音也出来了。是啊，国家公务员的待遇简直快赶上军队的配给制了，除了裤头不发，啥都发了。他们要钱做么去？

大总管把脸憋紫，说："汽车……全堵在路上了，从昨天晚上下班堵到今天早上，整整一夜，又碰上农民赶猪进城，所有交通干道全都堵死。到现在，快二十四小时了。有人砸车……"

我腿一蹬站起来，差点把桌子踢翻。我说："砸车？发的不都是日本的进口车么？他们就舍得砸？"大总管说："狗急跳墙了，他们先要求准许自由买卖配给轿车，没批；这就砸车，说不要汽车，要工资。"

哦，他们是要钱，要钱不要东西。他们想有了钱，自个儿到市场上去买东西。他们想得自在！

正沉吟着的时候，机密电话响起来，女人接了，说是值班室问大总管在不在我这里，十万火急，法院那边出事了。我笑了，我笑这天下的事无独有偶，农民赶猪进城，公务员砸车，现在法院又闹出事来，他们是不肯给我一丁点儿安生日子过的。上辈子他们可不这样，上辈子他们都服服帖帖。那么，他们是跟我这个克隆人过不去啊！我坐下，任女人用温软的小手揉捏着我的背，我把脚再放到桌上去说："说来听听，天下的新鲜事儿！"

他们反对我制定的婚姻法，说我们的"合理配对儿政策"是包办婚姻，比指腹为婚还反动落后。我大怒。其实，我知道没必要发那么大火，闹事的不过是一群正在发情期的四十岁以下的狗男女，治他们——小菜儿。我只是气不过，政府从来不干预人民的情感生活，从情窦初开到耄耋之年，都享有选择爱人的自由。就是说，恋爱你尽可以随便谈；可婚姻，那是严肃的事。婚姻组成家庭，家庭组成社会，社会的稳定直接关系到国泰民安。婚姻就是不能随随便便！政府指派婚姻，可不是乱点鸳鸯谱。那是由最先进的电脑程序，经过严格的比较分析，在茫茫人海中挑选出最合适的两个人构成绝对完美的组合。政府为此耗资巨大，图的是什么？不就是个社会稳定？人人心情舒畅家家祥和幸福，零失业率，零离婚率，零不稳定因素。

这一片苦心，竟然也白费了！

血往头上涌，失望和伤心就要压垮了我。我告诉自己要挺住。这会子，周围人越聚越多，内阁成员都到了。他们来是为了——用大总管的话说——商量对策。我把他们挨个瞧一遍，里头有几个是我的老战友，十几张"国脸"紧绷着，上辈子，就是打最硬的仗，也没见他们紧张成这样。我又笑了。我说："商量么？我的对策现成的。"他们全掏出本子来，十几双眼，灯泡似的照着我。

"农民，送回去；猪，留下来，给个公道价钱，政府全收了。公务员，按情节严重程度，该降职的降职该处分的处分，汽车全部没收，归国家所有。法院那边，告诉他们，要想修改婚姻法，等我过完这辈子！"

刷刷刷刷。刷刷刷刷。他们一股劲地记，又一起停下来仰望着我。他们崇拜我，我晓得。

那一夜我睡了个好觉，是这辈子的头一个安稳觉，而且，功能竟然有所恢复。当然，这要归功于女人的百般柔情。女人从没像今天这么忘情。我想起谁说过的，男人的魅力来自权力。男人只要有叱咤风云的气度，就是生得歪瓜裂枣，也有女人爱。

日子就这样过去，平静而充实，真正的国泰民安。在这个到处莺歌燕舞的季节里，我的生日到了。他们提出，为我祝寿。我当然拒绝。可是他们说：在太平盛世里为领袖祝寿，是人心所向民心所愿，全国人民都巴巴儿地盼着给您过生日呢，您要是说不行，不是伤了全国人民的心么？

有那么严重么？我说，那好吧。可是，你们得答应我一件事：我要在生日那天微服私访，到城里走一走。我的内阁，十几位大员凑一块儿研究了三个通宵，最后说行，但必须让大总管陪着。我越来越讨厌大总管了，想早晚得小丁他，要不是他在政府里树大根深，我早就那么干了。我勉强同意。为不叫人认出来，我们换了衣裳，戴了帽子和墨镜。

多美好的四月哦！生机勃勃，春意盎然，嫩叶如花。外国有个叫艾略特的家伙，居然在一首诗里说四月是"残忍的季节"，真是无病呻吟的资产阶级情调！

街上人多，都游春呢。走在我头里的女子忽然松开束着的长发，青丝如瀑布芳香扑鼻，叫人迷醉。市场上无所不有那才叫物质极大丰富，公园里孩子笑大人叫那真是生活的颤音……

自由自在地在街上逛，我浮想联翩。这是我的国家，我的人民，我为之奋斗一生——现在显然已经不止一生——的所在。我还想到爹娘，我想爹娘真是英明，把我生在这么好的季节里，他们一定是算计好的，他们不愧是伟人的爹娘！

街上人多起来，越来越多，而且都朝一个方向去。

问去哪啊，说是去中心广场。问这么多人全去么？说是，不去不行。问怎么回事，就有那好事的开了口。

他说："一看你就是外地人，这都不知道。上头安排的，周末两天，以小区为单位去中心广场参观花坛。"

又问："中心广场摆花坛做么？"

那好事的又说了："看来您不只是外地人，您是外国人吧？全国上下，连几岁的娃娃都知道，咱们那个……"他将一个大拇指竖起来，朝上一顶又一顶，"过生日。"

那个大拇指是我么？这个满脸粉刺的黄胖子是我的人民么？我有点失望，说实在的，却不是对他。

花坛的事，他们是报过的。原计划除了这个，还要给市区所有十五层以上的建筑物都挂上彩灯，叫我给否了。劳民伤财的事，找不干。我回头找大总管。

看花坛本来是赏心悦目的事，现在成了不得不完成的

任务，那我这个生日，岂不成了强颜欢笑了？大总管

目光闪烁，看来这事他知情。蠢货，我在心里唾他，

还有他那些个蠢到家的跟班儿。我心里像吃了苍蝇，

别扭极了。

　　说也怪，想到苍蝇就闻见了臭味。一股恶臭，能

把人呛死。是腐尸的味道。街上的人，一个个，都从

口袋里拿出口罩来。怪了，他们都有备而来？那股恶

臭没法形容，铺天盖地，势不可挡，我正要晕过去，

那个一脸粉刺的人民，塞给我一个口罩。我戴上，精

气神儿才回转来。我问"粉刺"哪来的臭味，他两只

豆眼从口罩上头鄙夷地瞧着我，嘴里发出"喊！"的

一声，就给了我一个后脑勺。那个不耐烦，好像我的

无知已经叫他忍无可忍。

　　"死猪！"

突然，他回过脸来骂我。我愣住了，想我除了无知，并没冒犯他呀！这辈子，从上辈子到这辈子，从没人这么骂过我。我沉了脸，听见大总管在我身后跃跃欲试。我按住他。

"是死猪嘛！哎哟，你连这都不知道，还算地球人么？"他没察觉我们藏在口罩后面的表情，接着说："前儿农民上中心广场卖猪的事知道不？政府态度不错，把猪全买了。可是谁吃得了这么多猪肉啊？冷库又不够，这不？全烂了！"

臭味忽然没了，人都摘下口罩。大总管却咳成一团，脸憋得猴屁股似的。他也怪，有味的时候没动静，这会子没味了，倒喊嚓个没完。

人们像是给那臭味熏没了精神，慢吞吞，无精打采，后来就站住不走了。一问，说是前边的路给堵死了。大总管发作起来，嚷："只听说塞车，没听说塞人的，车过不去，人还过不去么？快快，叫前边的往前走！"又叫："交警呢？这是哪个分局的？叫他们马上疏散，不然我……"我知道他往下要说什么，就一把抓住他，在手上用了狠劲，免得他说出来暴露了我们的身份。旁边的人笑了，说："这位您真逗，塞人就是因为塞车您不知道么？前儿没收的公务员的汽车全在前边码着呢。"他说着，把手里的东西塞给我，是个望远镜，又说："这玩意儿好，无聊的时候拿着瞅瞅，比站这儿干瞪眼强，还能给大伙通报点信息。"

站到台阶上，我举了那玩意儿瞧。远处，乌压压一片，好像暴风雨前的乌云压到了路面上。层层叠叠，码积木似的小轿车把路口堵得只剩了一条缝。大总管凑到我耳边，不露声色地说了句话。他说："有人指使。"

人群突然骚动起来。从路边的高台阶上奔下一对男女，女的披头散发，男的衣衫不整。几个小孩子跳着脚叫："闹离婚了闹离婚了！"只见女的揪着男的衣裳，男的抓着女的头发，一路撕打过来，却听女人尖着嗓子哭道："就跟你离就跟你离！有本事你就让他们指派吧！他们指派跟你结一百回，我就跟你离一百回！"

我旁边的老者叹气摇头说："这政府也是，许自由恋爱，不许自由结婚；不许自由结婚，倒许自由离婚。干脆说，结了婚就不许离，不就得了？看他们谁还闹？我跟我老伴当年还是父母之命媒妁之言呢，不也过了几十年？嗨，怎么过不是一辈子啊？"

这话我不爱听，可是这会子跟他解释民主意识，公民义务，道德责任，怕也不是事儿。我心里满是愤懑和惶恐。从广场上卖猪的农民，到砸车的公务员，再到这 对仇人似的怨偶，这是怎么了？我的人民怎么了？我把帽沿压得更低些，不想让他们认出我来，虽然我知道，没人会。

人群说话间就挪动了，很快到了中心广场。上千盆鲜花摆出各种图案，五彩缤纷，奇思妙想！却没人看花。人们给引导着，全到广场中央去了。不是说参观花坛么？怎么一副要开大会的样儿？天上彩球飞舞，个个都拖一条金色的尾巴。就听高音喇叭里喊我的名——呀！大舞台上，高挂着我的巨幅彩照，红色横幅上斗大的字："热烈庆祝我们敬爱的 XXX 诞辰 XX 周年！"

我觉得不对，哪儿都不对。天空，气球，彩照，人群，还有这地方。最别扭的，是横幅上的那些个字。我死了么？诞辰，不是对死人才用的么？突然困惑起来，扭头找大总管，却不见了人。

在高音喇叭的带领下，人们开始唱歌，可不是

"祝你生日快乐"，他们唱的是《圣母颂》，改了歌词的。听不清完全听不清，只听见我的名字一遍遍重复。我想这改歌词的蠢货，我要找到他——办了！

这当口儿，人都举起手，千万条手臂高举起来像森林，一块儿晃，每人手上都挂一个口罩。高音喇叭里又传出演讲的声音，"诞辰……"，"周年……"，还是听不清，只有这两个词咒语似的，在我耳边缠绕不去。

这回真要背过气去了。这是前所未有的。从上辈子到这辈子，我都有一个强健的心脏。可是这会子，我真不行啦。冷汗湿透了衣裳，我想小便。眼前出现幻影，是临死时的爹么？他说："伢啊，凡事都有定数的，你胆大包天你么事都敢你改天换地，可你拗不过命去，老天让你死，你哪里有的活？"

回头再寻大总管，茫茫人海，哪有他的踪影？

他走了，不辞而别了。

他真这么干了？我早该料到！他比我聪明，这狗娘养的无耻之徒，这会儿恐怕已经在投奔新主子的道儿上了！我真蠢啊，怎么没早办了他？！

顿悟，就是这么一回事。忽然间，就明白了一切，世态炎凉。我本不该活着的。听见他们在说诞辰了么？这里早没我的位置了。我是啥？是怪物，是人类滥用科学的结果，是对自然法则的背叛！我迟早要遭报应要被消灭！我想，与其那样，不如我自己来。

我总是想起生日那天广场上的景象：挂着白口罩的手臂的森林，千万人嘴里的咒语……那一切，竟然全是暗示么？

现在我要跟你们告别了。你们，就是世界。世界是你们的，不是我的。而我，从来不是一个苟且偷生的人。在我辉煌的上一辈子里，我没向谁低过头，包括命运，现在也不。

我决定结束我的生命。我的死不是软弱不是背叛，而是勇敢和忠诚。我要用我的死告诉你们，我是一个伟大的悲剧，是值得你们纪念的。

感谢上海人民出版社，感谢王为松主编，感谢《作家杂志》主编宗仁发、副主编王义璞，感谢画家王公，感谢装帧设计师包晨晖，感谢责任编辑马瑞瑞。

因为他们，这本书得以如此这般地呈现。

从《八声甘州——西北万里寻祖记》到《灵魂纪事》，一个大跳跃。

为松说：《八声甘州》的读者不一定是《灵魂纪事》的读者。

王公问我有没有欧美游记类作品，他说喜欢看那类东西。我说欧美的没有，西北的有。寄了《八声甘州》给他。他微信来说：书到了，手绘地图挺有意思。又说：我现在要用两个小时看你这本书，然后再画两个小时画。

半小时后他再"微"过来，说：我就跟你说一句话。我喜欢你这本书。我没想到。

看了《八声甘州》的人大多这么说——没想到。这让我疑问自己给人的印象。他们是觉得，表象跟实质相去甚远么？

给王公"微"回去，我说：人看了《八声甘州》都说没想到，看了《灵魂纪事》，他们还得说没想到。现在我对自己的认知就是：我是个怪物。

为松让我说说这个跳跃。这人咋回事？《八声甘州》和《灵魂纪事》，简直不像一个人写的。他更在意的可能是对读者的引导，《八声甘州》的读者也读《灵魂纪事》，书才能多卖。

其实，《灵魂纪事》在先，《八声甘州》在后，后了六年。其实，我愿意在江湖苍生中发现世界，也愿意躲犄角旮旯做灵异之思。其实，灵异之思，也是发现世界的收获。

除了这八个故事，我原打算接着写下去的还有

《新婚姻法》、《毕圣人不懂政治》、《造梦人》等等。郭文斌曾有文叫《从一网打尽到宁静致远》，说我的写作风格，捧我呗。他其实想说的是：风格这么变，往好里说是此人用真性情写作，往歹里说是不知把这人归哪堆儿。

该把自己归哪堆儿，我没怎么想过。

我一直胆小。小时候，先是跟着我姥姥，后来跟着我妈。从姥姥家到妈妈家度周末，妈就感叹，说这孩子，一刻不离我，连我上厕所她也跟着。

妈喜欢勇敢的人，所以我在她面前总自卑。忽然有一天自己闯生活去了，日本美国的走，越走越远。妈说：没想到这孩子挺能闯。

妈喜欢能闯的人。我不愿意老自卑，我愿意让妈为我骄傲。

东奔西走，并不总有筹划，没头苍蝇似的瞎撞亦不少。还好，不多久总能回过味儿来，浪子回头重整旗鼓再次出发。这一路走来几十年，对写作的热情没减，我觉得幸运。

生活如此丰富、复杂、趣味横生又玄机暗藏。

有一天，为松在他的微博里发了一句话："面对复杂，心存喜乐。"我想，用这句话来解释从《八声甘州》到《灵魂纪事》的跳跃，也许行？人说猫有九条命，一个女人九张脸。彼时的我跟此时的我，也许判若两人，那也不过是"若"，虚拟语态，好像，仿佛，不能算真实，人是最复杂的东西啊。

要我自己说，《八声甘州》跟《灵魂纪事》是殊途同归，归到我对世界的认识，对价值的认识。有人看了《灵魂纪事》的八个故事，说了一句话。他说：你这人，还不够坏。

这一句真顶一万句。

没有仁发的牵线和未曾谋面的王义璞的委托，我不可能认识王公；没有王公的画，书不可能这么有趣；没有写文儿的人跟画画儿的人对唱，一切不会如此新鲜而丰满。

没有为松和上海人民出版社，不会有今天的这本书。

我对他们，深怀感激。

欣力　2012年12月21日于北京

图书在版编目（CIP）数据

灵魂纪事/欣力著；王公绘.一上海：上海人民
出版社,2013
ISBN 978－7－208－11229－2

Ⅰ．①灵…　Ⅱ．①欣…　②王…　Ⅲ．①短篇小说-小
说集-中国-当代　Ⅳ．①I247.7

中国版本图书馆CIP数据核字(2013)第020369号

责任编辑　毕　　胜　马瑞瑞
装帧设计　包晨晖

灵　魂　纪　事

欣力 著　王公 绘

世纪出版集团

上海人民出版社出版

（200001　上海福建中路193号　www.ewen.cc）

世纪出版集团发行中心发行

上海商务联西印刷有限公司印刷

开本787×1092　1/32　印张7.25　插页14　字数81,000
2013年4月第1版　2013年4月第1次印刷
ISBN 978－7－208－11229－2/I·1094

定价28.00元